MÉRINVAL.

DRAME.

Suivi des "Effets de la vengeance" tirés du Monde moral

de l'abbé Prévost

MÉRINVAL.

DRAME.

Par M. D'ARNAUD.

A PARIS,

Chez LE JAY, Libraire, rue Saint Jacques, au-dessus de celle des Mathurins, au Grand Corneille.

M. DCC. LXXIV.

Avec Approbation & Privilège du Roi.

CATALOGUE

Des Œuvres *de M.* d'Arnaud, (in-8°. & *enrichies d'estampes des meilleurs maîtres,*) *qui se vendent en Volumes, ou séparément, chez* Le Jay, *Libraire, rue Saint-Jacques, au-dessus de celle des Mathurins.*

THÉATRE.

Le Comte de Comminge, Drame.
Euphémie, Drame.
Fayel, Tragédie.
Mérinval, Drame.

PROSE.

ÉPREUVES DU SENTIMENT.

Tome Premier, contenant:

Fanny.
Lucie & Mélanie.
Clary.
Julie.
Nancy.
Batilde.

Tome Second.

Anne Bell.
Sélicourt.
Sidney & Volsan.
Adelson & Salvini.
Sargines.

Tome Troisieme.

Zénothémis.
Bazile.

Cette dernière Anecdote paraîtra après Pâques; les trois autres qui doivent completter ce Troisième Volume, seront publiées successivement dans le courant de la présente année.

On trouve aussi chez le même Libraire l'édition *in*-12. & en 3 volumes des Épreuves du sentiment.

Le Privilége des Œuvres de M. d'Arnaud se trouve à la tête de l'édition in-12.

PRÉFACE.

Drames Grecs, ſujets les plus tragiques.

DEPUIS les ſujets vraiment *tragiques* puiſés par les poëtes Grecs dans les infortunes & les crimes célèbres des maiſons de Pélops & de Tantale, l'antiquité n'a rien à nous oppoſer qui ſoit comparable à celui-ci : il nous préſente dans toute leur force les deux moteurs principaux du drame, la *terreur* & le *pathétique*. C'eſt bien à cette occaſion que j'ai regretté de n'avoir point quelques étincelles de cette flamme puiſſante qui animoit nos maîtres.

Mérinval ſujet intéreſſant & terrible.

Je venois de faire paraître le COMTE DE COMMINGE : un homme de lettres connu voulut bien, ſur le faible ſuccès qu'avoit eu cet ouvrage, prendre quelque intérêt à mes eſſais dramatiques ; il crut qu'amateur du *genre ſombre*, je pourrois haſarder de toucher au ſujet dont il s'agit,

Ce qui a donné lieu de le traiter.

& qu'il eut la bonté de m'indiquer : il eſt emprunté d'un roman intitulé le *Monde moral*, & attribué à l'abbé Prevoſt, je dis attribué, parce qu'on a de la peine à reconnaître dans cet ouvrage l'éloquent & profond auteur de Cleveland, du Marquis de ** &c. J'avoue cependant qu'il s'y trouve un morceau d'une beauté frappante, qui nous offre avec une énergie que peu d'écrivains poſsèdent, ce trouble, ce déſordre des ſens qui ſuit les grands chagrins ou les grands crimes ; je le copie exactement :

Emprunté d'un roman attribué à l'abbé Prévoſt.

D'un roman intitulé le MONDE MORAL, &c. On a cru devoir mettre ſous les yeux cette hiſtoire : on la trouvera à la fin du drame : on lui a conſervé le titre *d'Effets de la Vengeance*, qu'elle a dans le recueil des contes de Mlle. *Uncy* où elle eſt inſérée. A propos de cette hiſtoire, il eſt bon d'obſerver que quelques gens de lettres ont la diſcrétion très circonſpecte de ſe taire ſur les ſources où ils puiſent, & ce ſilence indécent eſt aſſez généralement répandu. Cette eſpèce de ruſe eſt-elle bien louable ? Ne dénote-t-elle pas de la baſſeſſe dans le cœur, & de la petiteſſe dans l'eſprit ? Il y a de l'ingratitude à ne pas nommer ſes bienfaiteurs, & un écrivain, qui nous fournit un ſujet, aide beaucoup notre talent, & mérite aſſurément notre tribut de reconnaiſſance.

Tout devint pour moi non-seulement ennuyeux & fatiguant, mais redoutable & terrible; une ombre me faisoit frissonner: le moindre bruit pénétroit mes sens, me consternoit l'ame. La solitude qui n'avoit fait que m'épouvanter après la mort de ma femme, étoit un supplice auquel je ne trouvois plus la force de résister. On veilloit autour de moi la nuit & le jour; si je demeurois seul un moment, je ne remarquois pas plutôt ma situation, que je pâlissois, mon front se couvroit d'une sueur froide! j'étendois les bras en frémissant, & j'appellois du secours dans mes compagnies familières; je m'abandonnois à de longues & sombres distractions qui ne finissoient que par un tressaillement, & dont il ne me restoit rien dans la mémoire. Quelquefois il m'échappoit des cris qu'il m'étoit impossible de retenir; quelquefois des larmes moins amères & cuisantes qui laissoient leur trace sur mes joues, & qui ne servoient pas à me soulager &c.

Morceau admirable tiré de ce roman d'ailleurs médiocre.

Les personnes qui demandent que la *morale* soit l'ame & la fin de toute action dramatique, ne se plaindront point qu'on ait négligé cette partie essentielle du théâtre : on connaît peu de pièces où elle soit plus instructive, & plus dominante que dans celle-ci. Quelle leçon plus terrible des malheurs & des crimes qui suivent le fol aveuglement de la jalousie ! Se défier des apparences les plus imposantes, trembler de se livrer aux moindres

Peu de pièces de théâtre où le but moral éclate plus que dans celle-ci.

ſoupçons, être toujours en garde contre ſoi-même, pour ne pas s'abandonner aux tranſports effrénés de la vengeance, craindre, en un mot, avec un amour décidé pour la vertu, de ſe plonger dans des égaremens criminels, & de devenir le plus malheureux & le plus coupable des hommes : voilà les grandes vérités qui résultent de ce drame. Dira-t-on encore que les amuſemens de la ſcène, ne pourroient être une ſource d'inſtruction pour l'humanité ? C'eſt notre faute & non celle de l'art, ſi nous ne tirons pas un meilleur parti des ouvrages dramatiques. Il nous ſeroit facile d'établir cette *purgation* prétendue des paſſions, ſi recommandée par Ariſtote : mais, tous les jours, nous nous éloignons davantage de nos modèles ; le ſentiment & la raiſon, ces deux traits caractériſtiques, qui ſemblent nous diſtinguer des autres êtres, s'effaçent aulieu d'être approfondis ; nous perdons totalement de vue l'eſprit du théâtre, celui ſurtout que les Grecs nous ont laiſſé dans leurs tragédies ſimples & ſublimes, & qui, accommodé au goût national, produiroit parmi nous des chef d'œuvres dont l'agrément ſeroit peut-être encore au-deſſous de l'utilité.

Combien le théâtre pourroit devenir utile :

On néglige trop l'eſprit du théâtre Grec.

On ne ſe laſſera point de le répéter : nous avons

acheté peut-être trop chèrement ces avantages si estimés dont nous sommes redevables à la société. En étendant les progrès de l'esprit, elle a affaibli & tué, si on peut le dire, le génie ; c'est une des principales raisons pour lesquelles il nous sera bien difficile d'avoir aujourd'hui un drame d'un mérite supérieur. Nos gens de lettres trop répandus, ne se donnent pas la peine de creuser leurs idées ; ils en restent au premier trait. De-là ces copies éternelles, ces expressions parasites, ces réminiscences fatiguantes, cette disette de pensées qui nous appartiennent ; nul coup de pinceau qui nous soit propre ; nous nous traînons sans cesse sur les pas d'autrui : ce n'est jamais d'après notre cœur que nous écrivons ; nous faisons, qu'on me pardonne ces façons de parler, du sentiment avec de l'esprit, & quelquefois nous parvenons à faire accroire à la multitude que nous avons rendu fidélement la nature : mais l'œil du connaisseur, de l'homme sensible, ne se laissera point abuser ; il saisira le défaut de vérité. Notre grand malheur est de vouloir *faire des vers* au lieu de chercher à exprimer le caractère des passions. *

Si la société a étendu les progrès de l'esprit, elle a tué le génie.

Le malheureux esprit d'imitation gâte la plupart de nos meilleurs ouvrages.

La fureur de faire des vers nuisible à la vérité du sentiment.

De vouloir faire des vers, &c. Il n'y a pas un de nos poëtes

Que de tragédies admirées, si on les éxaminoit sous cet aspect, nous offriroient des tissus perpétuels de contresens, d'invraisemblances ! & alors il n'est plus possible à un être pensant de goûter le moindre plaisir. Soit qu'on ait dessein de s'amuser, ou soit qu'on veuille être touché, & verser des larmes, il faut nécessairement que la raison se cache sous la plaisanterie, ou qu'elle entre dans les moyens que l'on employe pour nous attendrir. Il est vrai que cette raison éxigeroit souvent des sacrifices qui coûteroient beaucoup à l'amour

La raison doit être la base de tous les arts.

---

qui n'ait mérité ce reproche : peut-être est-il occasionné par notre peu de connaissance d'une nature vraie & simple. Qu'on lise le Philoctète Grec : c'est là qu'on puisera des leçons de cette vérité si altérée aujourd'hui. Philoctète ne s'amuse pas à débiter des vers, des *tirades* : ce sont de profonds gémissements qui échappent à sa douleur. Encore une fois, remontons aux sources, étudions la nature par-tout où elle peut se saisir. Saint Louis apprend que sa mère est morte ; l'honnête Joinville vole à lui pour le consoler : le souverain, à peine l'a-t-il apperçu, ne fait que lui dire : » ah ! Sénéchal ! j'ai perdu ma mère. « Un auteur moderne auroit mis dans la bouche du monarque une amplification, ou des sentences philosophiques.

propre de l'écrivain ; & qu'il en eſt peu auxquels on puiſſe donner la louange délicate que Milton a reçue d'un de ſes compatriotes !

» Thou haſt not miſs'd one thought that could be fit,
» And all that was improper doſt omit. «

Ces réflexions au reſte me ſemblent aſſez inutiles : la plupart de nos Français pour connaître la nature, la vérité, l'énergie des paſſions, n'iront point renoncer à *l'Opera Comique*, aux *Comédiens de bois*, à *Nicolet*. Aujourd'hui on ne veut plus que s'amuſer ;

Le goût admirable de la ſociété.

Thou &c. » Tu as recueilli tout ce qui étoit propre, & tout » ce qui ne l'étoit pas, tu l'as rejetté. «

On ne veut plus que s'amuſer, &c. Un bel eſprit très méchant, très frivole, très médiocre, débite dans un cercle un tiſſu de calomnies ſur un de ſes amis qui étoit abſent ; l'honnête compagnie ſe pâme de rire : on ſe récrie ſur la fineſſe des ſarcaſmes. Quelqu'un de moins *plaiſant* jette une réflexion à travers ces brillantes ſaillies ; il prend la liberté de faire obſerver qu'il n'y a pas un mot de vrai dans cette hiſtoire ſcandaleuſe. Qu'importe, lui répond comme de concert l'eſtimable ſociété, que les faits ſoient vrais ou faux ? il y auroit de l'imbécilité à ne les pas répandre ; cela eſt très divertiſſant.

Qu'attendre de pareils individus qui calculent avec plai-

tont se travestir en plaisanterie ; tout joue le personnage de Tabarin ; & assurément Gille, avec son béguin, ses plattes bouffonneries & son visage enfariné, attirera plus de monde que le Kain dans toute la ma-

Abus de la société, & de la plaisanterie.

---

sir les coups d'épingle que recevra un honnête homme outragé, qui, s'il m'est permis de le dire, jouissent des blessures que fait le poignard de la calomnie ! Il faut que de tels êtres soient bien faibles ou bien méchants. O Athéniens ! vous n'êtes pas détruits. Mes amis, lisez parfois le vieux Boileau ; il est vrai qu'il n'est plus de mode, vous y trouverez ces vers que je vous prie de retenir.

» Envain par sa grimace un bouffon odieux
» A table nous fait rire, & divertit nos yeux ;
» Ses bons mots ont besoin de farine & de plâtre ;
» Prenez-le tête à tête ; ôtez-lui son théâtre ;
» Ce n'est plus qu'un cœur bas, un coquin ténébreux,
» Son visage essuyé n'a plus rien que d'affreux. »

Tout se travestit en plaisanterie &c. Je me rappelle un certain souper où j'eus l'honneur d'être invité ; rien n'y manquoit : délicatesse, somptuosité, choix des convives. On vouloit absolument que la gayeté fût de la partie. Il s'étoit glissé par hazard dans cette brillante société un homme sensible qui s'avisa de vouloir déplorer le malheur de Lisbonne, qui venoit d'être presque engloutie par le tremblement de terre de 1755 : un des héros du souper lui ferma la bouche, & crut avoir enfanté une saillie d'esprit en lui disant : » qu'y a-t-il

jesté dramatique : ce n'est plus le siècle des Corneille, des Bossuet, des Fénelon, des Racine, des Molière : ce dernier n'avoit point le rire grimacier ; son comique émanoit surtout de la situation, & non de l'expression. Qu'on nous donne des *Tartuffe*, des *Misantrope*, des *Avare*, & quelque penchant qu'on me suppose pour le drame, je m'écrierai : » voilà l'excellente comédie ! » & l'on n'y peut trop applaudir. Mais je crains bien que Molière n'ait point de successeurs, au lieu que nous serons encore longtems accablés d'une foule de médiocres tragédies, & de drames grossierement ébauchés qui nous replongeront dans l'enfance du théâtre.

Molière le premier & le seul peut-être dans son art, qui ne sera jamais imité.

Ceux qui avec raison, regardent *l'unité de lieu*

Sur la règle de *l'unité de lieu*.

» de plaisant la dedans? « Toute la compagnie applaudit à ce trait admirable, & la créature compatissante fut sur le point de rougir de sa sensibilité, & de s'en excuser. J'ajoûterai encore que si cette prétendue gayeté étoit naturelle, elle ne seroit point révoltante : mais c'est une de ces impostures grossières qu'entraîne l'abus de la société, & la fausse gayeté est le plus insipide & le plus dégoûtant de tous les mensonges. Il n'appartient qu'à la candeur & à la vertu de rire : le vice & la corruption grimacent.

L'unité de lieu &c. Écoutons la Motte : » loin que *l'unité* » *de lieu* soit essentielle, elle prend ordinairement beaucoup

comme un des principes fondamentaux de notre poëtique théâtrale, s'éleveront contre la licence que

---

» fur la vraifemblance. Il n'eft pas naturel que toutes les » parties d'une action fe paffent dans un même appartement » ou dans une même place. Ce n'eft qu'à la faveur de hazards » multipliés, ou rendus vraifemblables à force de préparation, » qu'on raffemble dans le même lieu différents perfonnages, » pour y faire ou dire à point nommé felon le befoin de l'in» trigue, des chofes qui devoient être faites ou dites ailleurs. » Si l'on y prend garde, on veut que les plus grands poëtes, » malgré toutes les reffources de l'art, violent bien des con» venances pour fatisfaire à cette regle prétendue. Envain » allègue-t-on, pour en établir la néceffité, que les fpecta» teurs qui ne changent point de place, ne fçauroient fuppo» fer que les acteurs en changent. Mais quoi, ces fpectateurs » pour fçavoir qu'il font au théâtre, s'en tranfportent-ils » moins aifément dans Athènes ou dans Rome où agiffent » les héros qu'on leur repréfente? croit-on que leur imagi» nation réfiftât beaucoup davantage au changement de » lieu d'acte en acte? L'expérience répond parfaitement à la » queftion : on change fouvent de fcène dans les opera, & » c'eft même une règle de cette forte d'ouvrage. L'action en » paraît-elle moins vraie, & l'imagination s'avife-t-elle » d'en être bleffée? au contraire; l'illufion loin d'y perdre » n'en devient que plus forte; & cela prouve bien que nous » prenons les plis qu'il nous plaît, & que nous nous faifons

j'ai prise dans la pièce que je mets au jour. La scène aux trois premiers actes est dans un château ; ensuite elle est transportée au milieu d'une ville, qui pour

Peut-être est-elle trop rigoureuse.

» des principes de fantaisie, puisque nous condamnons à un » théâtre ce que nous approuvons à un autre dans le même » genre. Je dispenserois donc en bien des rencontres les » auteurs dramatiques de cette unité, qui coûte souvent au » spectateur des parties de l'action qu'il voudroit voir, & » auxquelles on ne peut supléer que par des récits toujours » moins frappants que l'acteur même. « Ensuite la Motte nous trace un plan d'une tragédie en cinq actes de Coriolan, à laquelle il adapte ces principes. Il faut convenir aussi qu'il reconnaît que les règles forment un art, & que » leur première utilité, c'est que la contrainte qu'elles imposent, dé» tourne de la carrière des esprits médiocres qui ne crain» droient pas d'y entrer, si elle étoit plus libre. « Je ne cite ces jugements de la Motte, que pour démontrer qu'un homme de beaucoup d'esprit a pu penser sur *l'unité de lieu* différemment que la multitude des écrivains. D'ailleurs je serai le premier à recommander qu'on se tienne en garde contre ces idées spécieuses ; il est des règles qui ont été, en quelque sorte, créées par la nature même, & celle-ci en est une des plus invariables. La violation de *l'unité de lieu* rameneroit le théâtre à ce point de barbarie dont les Corneille & les Racine l'ont tiré. Défions-nous de l'imagination : souvent elle nous montre de nouvelles routes, & elle nous égare.

Etre cependant bien ſcrupuleux à l'enfreindre.

Défenſe de la liberté qu'on a priſe de bleſſer l'exactitude d'*unité de lieu*.

ainſi dire, touche à ce même château. J'avouerai que j'ai étendu un peu loin la ſorte de permiſſion qu'on nous accorde depuis quelques années; je ne voudrois point cependant en abuſer, & je ſerois très-fâché de donner un exemple qui pût contribuer à la décadence de notre théâtre. Mais qu'il me ſoit permis de tâcher d'adoucir la rigueur de la loi aſſujettiſſante que nos maîtres ſemblent nous avoir impoſée à ce ſujet, & qui ſouvent produit des ſituations ridiculement amenées. La première règle, ſans contredit, eſt la vraiſemblance: or, ce qui ne ſçauroit choquer le bon ſens, peut être toleré, s'il n'eſt approuvé. Il y a ſi peu de diſtance du château de Mérinval à la ville, qu'il eſt aiſé de s'y rendre en moins d'une demi-heure; je n'ai donc pas cru qu'un ſcrupule ſuperſtitieux dût m'arrêter. En fixant ma ſcène dans le même lieu, il m'étoit abſolument impoſſible de ne pas faire connaître Mérinval fils, & ce dernier perſonnage connu dès le commencement de mon quatrième acte, ne pouvoit exciter l'intérêt qui réſulte du refus qu'il fait à ſon juge de lui déclarer ſon nom. Il y auroit bien des choſes à dire ſur cette *unité de lieu*; cet objet demanderoit une diſcuſſion approfondie; le grand art ſeroit de poſſéder l'eſprit des règles ſans trop s'y aſſervir, & de ſçavoir quand il eſt à propos de ſecouer les chaînes dont l'uſage, ſouvent plus que le raiſonnement, nous a chargés. Mais nous avons de la peine à nous ſouvenir de ce qu'Ovide fait recommander à Phaëton par ſon père : *inter utrumque tene*. Nous reſtons ſous le joug, ou bien nous courons nous égarer & nous perdre; nous ne ſçavons point nous arrêter dans ce juſte milieu qui eſt le véritable ſecret des arts, & du goût. C'eſt en cela que l'eſprit philoſophique nous peut être utile : il nous inſpire ce diſcernement judicieux ſans lequel il eſt bien difficile au génie de ne pas tomber dans des écarts qui nuiſent toujours au but qu'on s'eſt propoſé.

Ne pas confondre l'eſprit des règles avec la ſervitude.

Je ſerois trop heureux, ſi, en parlant de mes fautes, je pouvois donner lieu à quelques obſervations favorables aux progrès d'un art que je voudrois cultiver avec plus de fruit. C'eſt ici l'occaſion de répondre aux perſonnes qui daignent aſſez s'intéreſſer à moi pour ſe plaindre de mon peu d'empreſſement à ſolliciter les honneurs de la ſcène Françaiſe. La faibleſſe de mes talens, mon averſion inſurmontable pour tout ce qui exige la moindre ſoupleſſe, une ame aiſée à décourager, parce qu'elle eſt frappée d'une cruelle vérité, que sans l'intrigue on ne fait point un pas dans aucun chemin; ma connaissance des hommes, & peut-être mon dégoût de la société, que je crois fondé, l'incertitude où je serois de réussir sur le théâtre de la nation, enfin les délais éternels auxquels il faut se soumettre pour parvenir à être réprésenté : voilà ce qui jusqu'à présent a pu m'arrêter. Ce qu'on appelle réputation littéraire vaut-il bien la peine qu'on se fatigue, qu'on se dénature, qu'on se plie à

Les délais éternels &c. Un homme de lettres, pressé de jouir, est quelquefois obligé d'attendre cinq ou six ans pour obtenir les honneurs de la réprésentation. Ces difficultés insurmontables ne peuvent que jetter le talent dans un découragement nuisible à l'avancement de l'art dramatique, & aux plaisirs de la société. Si nous avions deux théâtres, ces inconvéniens ne subsisteroient plus; on auroit encore l'avantage de voir jouer sur ces deux théâtres le même sujet traité différemment. N'a-t-on pas vu paraître à la fois la Bérénice de Corneille, & celle de Racine? Alors le public qui est notre juge, seroit en état de prononcer : ce qui échaufferoit l'esprit d'émulation si nécessaire aux progrès des arts. La plupart des poëtes Grecs se sont exercés sur la même fable, & encore aujourd'hui un opéra de Métastase se reproduit, en quelque sorte, sous les mains de vingt musiciens differents.

mille complaiſances qui, à les regarder de près, ſont des baſſeſſes, & des dégradations de l'homme ? Comment écrire avec dignité, quand on paſſe ſa vie à deſcendre au rôle de protégé qui coûte tant de travail, tant de mortifications ? Quand notre conſcience ſe révolte contre notre plume ? Le moyen d'exprimer la nobleſſe du ſentiment, la fierté du cœur, la ſage indépendance de la vertu, dès le moment qu'on a pris le collier d'eſclave, & qu'on a fait une eſpèce de vœu tacite de n'être jamais ſoi ? Gens du monde, ames impuiſſantes ou puſillanimes, inſipides plaiſants, ce n'eſt point votre ſuffrage que je ſollicite ; j'écris pour ce petit nombre de lecteurs qui croyent encore à la vérité de la nature ; j'écris pour la claſſe ſi bornée des cœurs ſenſibles : voilà mes juges, mes amis ; ſi je parviens à mériter leur indulgence, que puis-je deſirer davantage ? Tâchons de ne pas perdre de vue cette maxime ſi importante qui aſſure le repos, les plaiſirs du cœur, l'heureux emploi de la faculté de penſer, la jouiſſance de ſoi-même : *qui bene latuit, bene vixit.* Un ſouverain des Indes ſuivi de toute ſa cour, voyageoit dans ſes états ; il demande à un Brachmane qu'il trouve aſſis ſous un palmier, quels étoient ſes plaiſirs : vous ne pouvez les connaître ; répond le ſage, l'égalité & la retraite.

N. B. On vient de m'apprendre que M. Fontanelle a traité le même ſujet que moi, & que ſa pièce doit être répréſentée au premier jour. Comme il étoit mon ami, je lui ai fait confidence de pluſieurs de mes plans, & entre autres de celui-ci, quelque tems après avoir donné le COMTE DE COMMINGE. Il y a lieu de croire que nous ne nous ſerons rencontrés que dans le choix du ſujet.

MÉRINVAL.

MÉRINVAL.

DRAME.

PERSONNAGES.

MÉRINVAL père, gentilhomme retiré du service.

MÉRINVAL fils.

EUGÉNIE, épouse de MÉRINVAL fils.

LE LIEUTENANT CRIMINEL du Bailliage de ***.

SIX CONSEILLERS,
LE GREFFIER,
UN HUISSIER, } du même Bailliage.

HENRI, laquais de confiance de MÉRINVAL père.

ROSE, suivante d'EUGÉNIE.

UN GÉOLIER.

PLUSIEURS VASSAUX ET DOMESTIQUES.

La Scène est dans les environs d'une ville, & ensuite dans la ville.

Ch. Eisen del. De Longueil Sculp.

MÉRINVAL.

MÉRINVAL.

DRAME.

ACTE PREMIER.

Le théâtre repréſente l'appartement d'un château voiſin d'une ville ; dans ce ſallon, ſe trouve une table ſur laquelle ſont quelques livres. Il fait nuit.

SCÈNE PREMIERE.

MÉRINVAL *père, ſeul, en robe de chambre, les cheveux épars, ouvrant la porte du ſallon avec précipitation, s'avançant ſur le théâtre, égaré de frayeur, comme s'il étoit pourſuivi.*

LAiſſe-moi, laiſſe-moi.. Fuis, ſpectre épouvantable !..
Il attache à mes pas ſa vengeance implacable !
Il me montre les coups !. ſon ſang...ma femme !. ô ciel !
Ses mains tiennent encor le breuvage mortel !

Éloignez-vous, ceſſez ... bientôt je vais vous ſuivre;
Épargnez les moments qui me reſtent à vivre.

Il avance encore ſur la ſcène, tombe aſſis & appuyé près d'une table; puis comme revenant d'un ſonge, après quelques moments de ſilence.

Un ſonge me cauſer cet excès de frayeur!
Tous mes ſens ſont glacés d'une froide ſueur!
Moi, qui dans les combats, au milieu du carnage;
Tant de fois à la mort oppoſai mon courage!
Un rêve m'intimide, & je cède à la peur!
Je ſuccombe à l'effroi!..

Il appelle à haute voix. Henri! *Plus haut.* Henri!

HENRI, *derrière le théâtre.*

Monſieur.

MÉRINVAL.

Henri, de la lumière. *à part.* O nuit, juſqu'à ton ombre
Qui répand dans mon ame une terreur plus ſombre!..
d'un ton pénétré.
Ce n'eſt pas la vertu qui craint l'obſcurité.
Dieu!

SCÈNE II.

MÉRINVAL *père*, HENRI *accourant avec de la lumière.*

HENRI.

QU'avez-vous, monsieur? tremblant, pâle, agité..

Il pose la lumière sur la table.

MÉRINVAL.

à part.

Je n'ai rien, mon ami... Tâchons de nous contraindre.

HENRI.

Mais, monsieur....

MÉRINVAL, *à part.*

Des mortels je suis le plus à plaindre.

Quand le cours de mes maux sera-t-il terminé ?..

Henri, quelle heure est-il ?.

HENRI.

Quatre heures ont sonné.

MÉRINVAL.

Tu dormois ?

HENRI.

Oui, monsieur.

MÉRINVAL, *à part; & d'un ton pénétré.*

L'innocence repose.

Henri... *Il se lève, & mettant la main sur le bras de Henri, d'un ton de douleur.*

Je ne dors plus !

HENRI.

Et quelle est donc la cause
De la mélancolie où je vous vois plongé ?
Vous tournez vers le ciel un regard affligé !
Un sourd chagrin vous mine, & malgré vous éclate !
Le bonheur d'être aimé n'a plus rien qui vous flatte !
Vous fuyez vos amis par vous-même invités !
Vous cherchez la retraite, & soudain la quittez !
Les plaisirs de la chasse, & de l'agriculture,
Tout vous déplaît, monsieur, jusques à la lecture,
Le plus cher autrefois de vos amusements !
Ce séjour à vos yeux perd tous ses agréments !
Vingt-six ans de service, un zèle inviolable,
Une fidélité constante, irréprochable,
Les soins que j'ai donnés à monsieur votre fils
Dès sa plus tendre enfance entre mes mains remis ;
Doivent, j'ose le dire avec quelque assurance,
M'avoir acquis des droits à votre confiance;
D'où naît ce sombre ennui ... qui vous sera fatal ?
N'est-il point de remède à cet étrange mal ?
Nous tremblons pour vos jours. Encore hier, ma femme..

MÉRINVAL, *avec vivacité.*

Ta femme !.. De quels traits tu viens me percer l'ame ?
Henri, j'eus une épouse, & ... je la pleure en vain.

HENRI.

Une mort imprévue a fini son destin ;
Nous la regrettons tous : elle avoit tant de charmes,
Tant de vertus !.. qui peut lui refuser des larmes ?
Tout par sa bienfaisance étoit heureux ici ;
Sa tendresse...

MÉRINVAL *allant au-devant de Henri, & avec une espèce de fureur.*

Cruel... *Il change de ton.*
Laisse-moi, mon ami.
J'attendrai que le jour en ces lieux reparaisse ;
Il calme quelquefois le chagrin qui nous presse.

HENRI.

Oh ! vos ordres, monsieur, ne seront point suivis.
Je vole de ce pas chez monsieur votre fils...
Je l'éveille...

MÉRINVAL.

Henri ! modère un zèle extrême.
Epancher ses douleurs dans un cœur que l'on aime,
Loin de les adoucir, c'est les multiplier.
Le fardeau qui m'accable, est pour moi tout entier.

Depuis deux jours, mon fils venu dans cet asyle
Avec sa jeune épouse y goûte un sort tranquile:
N'allons point leur ravir les douceurs du repos;
C'est à moi de veiller, de souffrir tous les maux...
Henri... ce fils si cher... il ressemble à sa mère!
Ce sont ses traits, sa voix... va, te dis-je, j'espère
Que ces livres pourront m'attacher un moment;
J'essairai d'y puiser quelque soulagement;
Ils suspendront dumoins mes cruelles allarmes;
Hélas! plus d'une fois ils ont reçu mes larmes.

SCÈNE III.

MÉRINVAL *seul, prend un livre, & après s'être efforcé de lire quelques instans, il le remet sur la table.*

NON, rien ne rend le calme à mes sens agités;
Des fantômes toujours errent à mes côtés;
Du malheureux Evard l'ombre pâle & sanglante,
A mes yeux effrayés toujours se représente;
Je vois... je vois ma femme à ses derniers moments
Demandant à mourir dans mes embrassements.
Qu'ai-je fait?.. enflammé d'un courroux légitime,
J'ai vengé mon honneur... la vengeance est un crime;

Je l'éprouve à mon trouble, à mes tourments ſecrets !
Quels ſeroient donc les maux attachés aux forfaits ?
O Dieu, dont la colère en cet inſtant m'accable,
Dieu ! le remords ſuffit pour punir le coupable !..

Il apperçoit ſon fils, & ſe levant avec vivacité.

Mon fils !

SCÈNE IV.

MÉRINVAL *père*, MÉRINVAL *fils*, *dans un habit du matin, & annonçant le déſordre & l'agitation.*

MÉRIVAL *fils.*

QU'AI-JE entendu, mon père ?..

MÉRINVAL *père.*

Quoi ! Henri...

MÉRINVAL *fils.*

Ne devoit rien cacher à mon cœur attendri :
J'apprends ... vous reſſentez une peine ſecréte !
Ah ! ne ménagez point ma tendreſſe inquiéte.
Auriez-vous des chagrins qu'on ne peut ſoulager,
Mon père ? je pourrai du moins les partager.
J'accourois dans vos bras, après dix ans d'abſence...

MÉRINVAL *père.*

D'un ſerviteur zélé j'excuſe l'imprudence.

Je n'ai point de chagrins, mon fils ... il est des coups...
N'en sois jamais frappé... Mérinval, gardez-vous
D'écouter les transports d'une fureur jalouse...
Retournez, retournez auprès de votre épouse ;
Jouissez d'un bonheur, hélas ! que j'ai perdu.
Mon fils, le doux repos est fait pour la vertu...
Allez, retirez-vous.

MÉRINVAL *fils.*

O ciel ! que je vous quitte ?
D'un silence cruel votre douleur s'irrite !
Vos soupirs étouffés brûlent de s'exhaler !
Dans vos yeux, je surprends des pleurs prêts à couler !..
Ah ! dans le sein d'un fils, laissez-les se répandre ;
Il n'est point, croyez-moi, de cœur qui soit plus tendre ;
L'amour... vous me verrez embrasser vos genoux.

Il se jette aux pieds de son père.

Au nom de cet amour, parlez, expliquez-vous.

MÉRINVAL *père avec des larmes, & embrassant son fils.*

Lève-toi, mon cher fils ... ainsi j'ai vû ta mère...
Que veux-tu ?

MÉRIVAL *fils.*

S'il se peut, vous consoler, mon père ;
Ou pleurer avec vous... Vous ne m'écoutez pas !
Votre trouble s'augmente ... où portez-vous vos pas ?

Le père veut sortir, le fils s'oppose à son passage.

Vous céderez, mon père, à mes cris, à mes larmes;
Vous daignerez m'ouvrir un cœur chargé d'allarmes...
Je n'en puis plus douter.

MÉRINVAL *père.*

Tu ne sçaurois guérir
Le chagrin ... dont bientôt tu vas me voir mourir.

MÉRINVAL *fils.*

Seriez-vous offensé d'un nœud que la tendresse,
Que même votre aveu sollicitoit sans cesse ?
Au moment où l'hymen formoit nos doux liens;
Il est vrai qu'Eugénie a perdu tous ses biens,
Dissipés sans retour par un revers funeste:
Mais tous les agréments, mais la vertu lui reste;
Et c'est-là le trésor qui fixe tous mes vœux...
N'auriez-vous pas mon cœur ?

MÉRINVAL *père.*

J'applaudis à tes feux.
Malheur à ces parents dont le pouvoir barbare
Veut asservir l'amour à la fortune avare,
Et qui de leurs enfants sombres persécuteurs;
Leur font un joug de fer des nœuds les plus flatteurs!
Le trouble suit toujours ces chaînes qu'on déteste.

MÉRINVAL *fils.*

Et d'où peut naître enfin ce chagrin si funeste?
Un triste évenement qu'on a pu me cacher,
Mon père, de vos mains viendroit-il arracher
Ce bien, prix glorieux du sang de nos ancêtres;
Qu'ont encore grossi les faveurs de nos maîtres?
Ma fortune est à vous, trop heureux...

MÉRINVAL *père.*

Non, mon fils;
Ce n'est point l'intérêt qui cause mes ennuis;
L'indigence n'est pas le coup le plus terrible:
Il est des maux plus grands pour une ame sensible...
Va retrouver ta femme, & ... laisse-moi mourir...
C'est en vain...

MÉRINVAL *fils.*

Je sçaurai... Je veux vous secourir.

MÉRINVAL *père.*

Tu prétends pénétrer un horrible mystère?

Il court à son fils, & le serrant dans ses bras avec un frémissement;

Ah! malheureux enfant, digne d'un autre père,
Que me demandes-tu?.. Connais donc mon destin:
D'un mot, je vais porter la terreur dans ton sein:
Dans ce vieillard mourant, objet de ta tendresse,
Qui n'a d'ami que toi, qui dans ses bras te presse,

Frémis, tu vas ouïr le comble de l'horreur;
Tu vois ... un meurtrier...

MÉRINVAL *fils.*

Ciel!

MÉRINVAL *père.*

Un empoisonneur.

MÉRINVAL *fils.*

O ciel!

MÉRINVAL *père.*

C'est encor peu, Mérinval, de ces crimes:
Quand tu seras instruit du nom de mes victimes,
Tu frémiras bien plus. Sans doute un Dieu vengeur
Veut aux regards d'un fils développer mon cœur,
Des effets surprenants d'un courroux implacable;
Lui montrer dans son père un exemple effroyable!
Nous serions malgré nous entraînés aux forfaits!
O Sagesse éternelle! adorons tes décrets.
Mon malheur réunit tous les malheurs ensemble;
Tous les coups. Assieds-toi, mon fils; écoute, & tremble.
Au sortir de l'enfance, un instinct belliqueux
M'emporta sur les pas qu'ont tracés nos ayeux.
Pour modèle & pour chef je choisis ce grand homme,
Ce célèbre Condé que la France renomme;
Mes mains eurent l'honneur de porter ses drapeaux:
L'amour vint m'enlever à ces nobles travaux;

Alors mes vœux en lui trouvoient le bien suprême !
Les parens de Sophie, & Sophie elle-même,
Obtinrent d'un amant, pénétré de ses feux,
Qu'il ne fût plus soldat pour être époux heureux.
D'un himen désiré les flambeaux s'allumèrent ;
Sous quel auspice, ô Dieu ! ces liens se formèrent !
Ce château m'attendoit ; il nous reçut tous deux
Pour y goûter en paix un amour vertueux,
Augmenté par le tems, nourri par la constance.
Ces beaux jours sont enfin marqués par ta naissance :
Je suis père ; mon cœur s'ouvre aux plus doux plaisirs :
Il sembloit que le ciel eût comblé mes desirs ;
Malheureux ! je croyois à de fausses caresses !
Qu'il me devoit, hélas ! vendre cher ses largesses !
Séligni, que le sang à ma femme allioit,
D'une douce retraite avec moi jouissoit ;
Il entroit dans cet âge où la fougueuse yvresse,
Surprend nos senstrompés,& corrompt leur faiblesse :
Une de ces beautés, l'opprobre de l'amour,
Enflamme Séligni, l'arrache à ce séjour,
L'entraîne sur ses pas dans la ville prochaine :
Ils alloient s'épouser : je m'oppose à leur chaîne ;
Contre un cœur trop épris j'arme tous ses parents ;
On écarte l'objet de ces vœux imprudents,

Le ſort nous favoriſe : il termine ſa vie.
L'ardeur de Séligni n'en eſt point réfroidie ;
Sa haine contre moi s'empreſſe d'éclater :
Peut-être aurois-je dû, moins promt à l'irriter,
Pour vaincre ſon penchant, employer plus d'adreſſe.
L'indulgence a ſouvent ramené la jeuneſſe.
De ſon parent, ma femme affaibliſſant l'erreur
Du ſoin de la combattre accuſoit la chaleur ;
Des nuages légers entre nous s'élevèrent ;
La raiſon & l'amour bientôt les diſſipèrent ;
J'en devins plus heureux ainſi que plus épris.

MÉRINVAL *fils.*

Vous pleurez !

MÉRINVAL *père.*

Ah ! je dois verſer des pleurs, mon fils !
De mes maux, c'eſt ici que la carrière s'ouvre ;
Toute mon infortune à mes yeux ſe découvre ;
Eh ! quel enchaînement de revers pleins d'horreurs !
Dans le ſein de l'amour, comblé de ſes douceurs,
Un autre ſentiment preſſoit encor mon ame :
J'éprouvois le beſoin d'une nouvelle flamme,
J'implorois l'amitié, chère & funeſte erreur,
Qui non moins que l'amour, a fait tout mon malheur

Le retour de la paix dans ces cantons amène ;
Un officier connu, que diſtinguoit Turenne ;
Par ſon propre mérite, il s'étoit élevé ;
On le nommoit Evard ; un eſprit cultivé ;
Des dehors prévenants, une heureuſe figure
Paraiſſoient annoncer une ame honnête & pure...
Il devient mon ami ; ſon commerce attachant
Pour mon ſenſible cœur, tous les jours, plus touchant,
D'un père abſent de toi ſoulageoit la triſteſſe.
Ta famille, à Paris appellant ta jeuneſſe
Te formoit à ces arts que l'on néglige ailleurs.
Ne goûtant de l'amour que ſes plaiſirs flatteurs ;
J'ignorois ces tourments nés de la jalouſie,
Du cœur humain, hélas ! la plus ſombre furie !..
Ses ſerpents enflammés paſſent tous dans mon ſein.
Un billet, dont mes yeux méconnaiſſent le ſeing,
M'apprend que cet ami, ce monſtre que j'embraſſe,
Apporta dans ces murs tout l'enfer ſur ſa trace,
Qu'il trahit l'amitié, la nature, le ciel,
Qu'il reſpire les feux d'un amour criminel,
Qu'il eſt mon aſſaſſin ... un infâme adultère.

MÉRINVAL *fils.*

Votre ami le plus cher !

MÉRINVAL *père.*

Ce n'eſt pas tout : ta mère...

Quel

Quel aveu ! quels forfaits ! ta mère l'écoutoit ;
Ta mère étoit coupable , & me déshonoroit.

MERINVAL *fils.*

Ma mère, ô Dieu ! ma mère !

MÉRINVAL *père.*

Elle combloit l'outrage ;
Dans son perfide sein, elle portoit un gage
De cet indigne amour si fatal à tous trois.

MÉRINVAL *fils.*

Ah ! mon père, arrêtez... Tous les coups à la fois !..

MÉRINVAL *père.*

La foudre va les suivre. Une seconde lettre
Qu'une main étrangère en mes mains fait remettre ;
Me confirme mon sort par cent détails affreux
Qui me percent toujours de traits plus douloureux,
Mon fils, quels noirs excès ma bouche te raconte !
Il ne m'est plus permis de douter de ma honte ;
La vengeance me reste, & je cours l'embrasser ;
Je vole au scélérat qui sçut trop m'offenser;
Il cherche la raison du courroux que j'annonce :
Le fer étincelant est ma seule réponse ;
Je le force à parer les coups d'un bras vengeur :
Il me semble à regret repousser ma fureur ;
Il tombe, il ose encor d'une voix défaillante,
M'appeller son ami ; lui ! ma rage s'augmente ;

Malgré moi cependant je détourne les yeux,
Et je porte la mort dans son flanc odieux.

MÉRINVAL *fils.*

Quel horrible poison versé sur votre vie !
Je sens tous vos revers ; mon ame en est remplie.
Seroit-il des humains créés pour le malheur ?

MÉRINVAL *père.*

Nous étions sans témoins: mais j'emportois mon cœur,
Mon cœur, qui contre moi se soulevoit sans cesse,
Qui de meurtre accusoit ma fureur vengeresse,
Qui me peignoit Evard sous les traits d'un ami,
Egorgé de mes mains ... ah ! je l'ai trop chéri !
Tout couvert de son sang, accouru vers ta mère,
Je lui crie : il est mort l'ingrat qui t'a sçu plaire.
—Que dites-vous ?—Evard, le traître est au tombeau,
Et c'est moi qui l'y plonge, & qui suis son bourreau :
Voilà, femme perfide, où m'a conduit ton crime !
Tremble, & sois en ce jour ma seconde victime...
Je frappois : l'infidèlle embrassant mes genoux,
Découvrant mille attraits à mes regards jaloux,
Tremblante, échevelée, expirant dans les larmes,
L'emporte, & de ma main, je sens tomber mes armes:
Elle soutient qu'Evard, qu'Evard est innocent...
Elle se justifie. Ah ! qu'il étoit puissant

L'empire que l'ingrate avoit pris sur mon ame !
Que j'avois peine à vaincre une si vive flamme,
A croire que Sophie avoit pu me trahir !
J'allois plus que jamais sous son joug m'asservir,
L'adorer. De ce cœur où rentroit la parjure,
Un troisième billet vient r'ouvrir la blessure,
Insulte à ma faiblesse, apporte un nouveau jour
A des yeux qui vouloient ne voir que mon amour.
Il faut donc m'y résoudre, & la trouver coupable !..
Son sort est décidé. Ma main impitoyable,
Malgré des sentiments dont je dompte l'effort,
S'empresse à préparer le breuvage de mort.

Après un long silence.

Je le porte à ta mère.

MÉRINVAL *fils*.

O ciel !

MÉRINVAL *père*.

—Reçois, perfide,
Le prix que te devoit ma vengeance timide ;
Ton juge te punit, & tu n'as plus d'époux ;
Prens, & meurs. Elle croit désarmer mon courroux :
—Je n'entends plus tes cris ; je ne vois plus tes larmes ;
Ces yeux trop dessillés sont fermés sur tes charmes ;

Tu mourras. Auſſitôt d'un front calme & ſerein ;
C'eſt un préſent, dit-elle, offert par votre main ;
Je l'accepte avec joie : il finira mes peines.
Donnez. *Après un repos.*
L'affreux poiſon a coulé dans ſes veines.

Ma victime expirante, alors ſe ranimant,
Accuſe ainſi l'excès de mon reſſentiment :
— Et c'eſt vous qui cauſez le trépas de Sophie !
Vous qu'elle a tant aimé !.. La noire jalouſie
Vous empêche aujourd'hui d'écouter la pitié ;
Vous avez immolé l'amour & l'amitié.
Evard ne brûla point d'une ardeur criminelle,
Et vous eûtes toujours une épouſe fidelle.
Trop tard vous gémirez ſur mon fatal deſtin.
Mais que vous avait fait ce gage qu'en mon ſein...
Je m'écrie à ce mot : ce qu'il m'a fait, cruelle !..
— Merinval, il étoit votre enfant, pourſuit-elle.
— Mon enfant ! — Oui, c'eſt vous, c'eſt ſon père inhumain,
C'eſt vous qui devenez ſon horrible aſſaſſin.
Mon enfant ! Cette image en mon ame jettée,
Des troubles de la mort une femme agitée,
Que ſçais-je ? la pitié qu'on ne peut étouffer ;
Tous ces traits, de mes ſens reviennent triompher.
Je volois au ſecours d'une épouſe mourante.
— Ces inutiles ſoins tromperoient votre attente ;

C'en eſt fait, & la vie a pour moi diſparu,
Tout eſt fini. Le ciel connaît ſeul la vertu.
Un fils nous reſte encore, adoré de ſa mère...
Que celui-là du moins trouve dans vous ſon père!..

MÉRINVAL *fils, en pleurant.*

O ma mère!

MÉRINVAL *père.*

Elle dit, & me tendant les bras...
Je m'y jette... Je veux l'arracher au trépas,
Sous mes larmes r'ouvrir ſa paupière égarée;
Mon cœur preſſe ſon cœur... *Après un long ſilence.*
Elle étoit expirée.

MÉRINVAL *fils.*

Quel deſtin! je ſuccombe à mon accablement.

MÉRINVAL *père.*

Mon ſort t'eſt dévoilé; juge de mon tourment:
J'ai ſatisfait l'honneur; j'ai vengé mon injure;
Et ſans ceſſe en mon ame un ſombre accent murmure!
Le remords me conſume! Un ténébreux effroi,
Et la nuit & le jour s'élève autour de moi!
De ma femme, d'Evard les ombres menaçantes
Me pourſuivent partout, partout me ſont préſentes,
Juſques à cet enfant qui vient m'épouvanter!..
Ils étoient criminels, je n'en ſçaurois douter...

Et je ne goûte point la paix de l'innocence!
Le ciel se seroit-il réservé la vengeance?
Sans usurper ses droits, n'oserions-nous punir?
Notre partage, hélas! n'est-il que de souffrir?

Il se lève.

Après un tel aveu qu'un père a fait entendre,
Vous concevez, mon fils, le parti qu'il doit prendre.
Si la religion n'eût arrêté mon bras,
J'aurois depuis longtems avancé mon trépas.
Vivre est un châtiment que son ordre m'impose;
Du reste de mes jours qu'elle seule dispose:
Je cours m'ensevelir dans ces asyles saints,
Ouverts par sa clémence aux malheureux humains;
J'y donnerai des pleurs à ces tristes victimes.
J'aurois dû pardonner: j'ai partagé leurs crimes;
Oui, coupable comme eux... S'ils étoient innocents!

SCÈNE V.

MÉRINVAL *père*, MÉRINVAL *fils*, UN DES DOMESTIQUES DE MÉRINVAL *père*.

LE DOMESTIQUE *à Mérinval père.*

CETTE lettre, monsieur...

MÉRINVAL *fils sur le devant du théâtre, & dans l'accablement.*

Quel trouble en tous mes sens !

MÉRINVAL *père, au domestique.*

De qui ?

LE DOMESTIQUE.

D'un inconnu.

MÉRINVAL *père.*

Donne. Point de réponse ?

LE DOMESTIQUE.

Non, monsieur.

MÉRINVAL *père.*

Cet écrit... Voyons ce qu'il m'annonce...
Eh ! n'ai-je pas atteint au comble des malheurs ?
Qu'aurois-je à craindre encor ? *Au domestique.*
Laisse-nous.

Le domestique sort.

SCÈNE VI.

MÉRINVAL *père*, MÉRINVAL *fils*.

MÉRINVAL *père après avoir lû la lettre & l'avoir mise dans sa poche, tâche un moment de se contraindre, & tombe tout à coup dans le fauteuil qui est près de la table, en s'écriant :*

JE me meurs.

MÉRINVAL *fils, courant à son père.*

Quel mal soudain vous presse ?. Écoutez-moi, mon père..
Daignez... Il toucheroit à son heure dernière !,

Il va au fond du theâtre, & à haute voix :

Hôla, quelqu'un ! Henri ! venez tous ... du secours !

SCÈNE VII.

MÉRINVAL *père*, MÉRINVAL *fils*, HENRI, *& plusieurs autres* DOMESTIQUES *accourant.*

MÉRINVAL *fils.*

à Henri, & ensuite aux autres domestiques.

MON père est expirant.. Prenons soin de ses jours ;
Dans son appartement qu'on m'aide à le conduire.

On emmène Merinval père, qui est toujours sans mouvement ; il a la tête penchée dans le sein de son fils.

O ciel ! à tant de coups mon cœur peut-il suffire ?

FIN DU PREMIER ACTE.

ACTE II.

SCÈNE PREMIÈRE.

MÉRINVAL *père*, MÉRINVAL *fils*, EUGÉNIE, ROSE, HENRI, DEUX AUTRES DOMESTIQUES.

MÉRINVAL *père, toujours en robe de chambre, a dans les mains une épée dont il veut se percer : il est entouré des acteurs qu'on vient de nommer ; son fils surtout tente de lui arracher cette épée. Eugénie après s'être unie aux efforts de son mari, pousse un cri au moment où elle voit son beau-père prêt à s'ôter la vie ; elle tombe évanouie dans les bras de Rose, tandis que Mérinval fils s'obstine à vouloir s'opposer à la fureur de son père.*

MÉRINVAL *fils à son père, & s'efforçant de lui ôter l'épée.*

Vous n'accomplirez pas cet horrible dessein,
Mon père ... non ..

HENRI *se joignant au fils.*

Monsieur...

MÉRINVAL *fils à son père.*

Percez plutôt mon sein.

Attenter à vos jours ! quelle aveugle furie ?..
Daignez envisager ma femme évanouie...
Ah ! vous nous frappez tous...

Il lui arrache l'épée qu'il jette loin de lui, & que Henri ramasse, & donne à un autre domestique.

à Henri. De ses mains écarté,
Que ce fer pour jamais, Henri, lui soit ôté;
Asséyons-le. *Aidé de Henri & des autres domestiques, il assied Mérinval père à qui il échappe des mouvemens convulsifs, qui ensuite lève les yeux au ciel, gémit, & tombe dans un profond accablement de douleur; son fils l'embrasse.*

Mon père... Il ne veut point m'entendre !
Hélas ! c'est votre fils, votre ami le plus tendre...

à Henri, qui est près de Mérinval père.

Observe bien... *Il va à sa femme.*

Reprens tes esprits égarés;
Calme-toi : tes regards vont être rassurés.

Eugénie revient de son évanouissement, regarde Mérinval père; & reste toujours dans les bras de Rose.

Nous sçaurons adoucir ce désespoir farouche...

Il retourne à son père.

Ne vous suis-je plus cher ?

Son père lui serre tendrement la main.

Eh bien ! si je vous touche,
Si la nature encor vous parle en ma faveur,
Ma voix désarmera cette sombre fureur;

J'en apprendrai dumoins la cause inconcevable ;
Jettez sur nous les yeux : votre état nous accable.

Mérinval père lève la tête ; après avoir poussé un long gémissement, il fait signe de la main à Henri & aux autres domestiques de se retirer.

Cedez à ses desirs. *Aux domestiques.* Allez, éloignez-vous.

Mérinval père fait de nouveaux signes de la main pour qu'Eugénie & Rose se retirent aussi.

A Eugénie.

Suis leurs pas. A l'instant tu revois ton époux.

SCÈNE II.

MÉRINVAL *père*, MÉRINVAL *fils.*

Mérinval père toujours dans le même accablement ; a la tête appuyée sur sa main.

MÉRINVAL *fils.*

VOus êtes obéi : nous sommes seuls ; peut-être ;
Mon père m'instruira d'où ce transport peut naître ?
Faut-il en accuser ce malheur effrayant
Dont le tems vous rendra le fardeau moins pésant ?..
Chassez de votre esprit ces terreurs formidables...
Éloignez une image...

MÉRINVAL *père se levant avec emportement, poussant un cri lugubre, & tendant ses mains vers le ciel.*

Ils n'étoient point coupables.

Il retombe dans le fauteuil, accablé de sa situation.

MÉRINVAL *fils.*

Qu'ai-je entendu ! ma mère !.. ô douleur ! ô regrets !

MÉRINVAL *père, tirant précipitamment une lettre de sa poche, & la donnant à son fils.*

Tiens : lis, lis ; dans mon sein enfonce tous les traits.

MÉRINVAL *fils prend la lettre ; pendant ce tems, son père est agité de divers transports de douleur & de désespoir ; il se couvre le visage de ses mains. Mérinval fils lit à haute voix.*

Je puis enfin jouir d'une juste vengeance !

Je commencerai par t'offrir
L'image des tourments dont tu me fais mourir ;
Ils ont passé ton espérance.
Pour moi dans l'univers il n'est plus de plaisir,
Qu'un seul, qu'un seul que je goûte d'avance !
Plus que moi tu pourras souffrir.

Rappelle tes excès : armé contre la flamme,
Qu'un amour violent allumoit dans mon ame,
Ton caprice à ses loix prétendit m'asservir.
L'objet que j'adorois, victime de ta rage,
Éprouva par tes coups le sort le plus affreux ;
D'un hymen attendu nous préparions les nœuds ;
Ta fureur les rompit ; elle osa davantage :
Loin de moi, mon amante enlevée à mes vœux,
Vit flétrir ses beaux jours dans un dur esclavage ;
Le chagrin dans la tombe est venu la plonger ;
Elle est morte, en un mot, cette femme chérie !

Je l'aime encore avec idolâtrie !
Et j'ai vécu pour la venger.
Mon ame ici se répand toute entière.
Tels furent tes bienfaits : en voici le salaire :

Habile à me jouer de ta crédulité,
(Que l'amour qui se venge, est un puissant génie !
J'ai sçu, dans ton sein agité,
Jetter tous les serpents, toute l'atrocité
D'une stupide & noire jalousie.
J'ai fasciné tes yeux, dénaturé ton cœur,
Perverti ta raison. En esclave docile,
Tu servois à mon gré mon avide fureur ;
Sur tous tes mouvements j'avois un œil tranquile ;
Chaque jour, j'ajoutois à ton aveugle erreur.
Oui, c'est moi qui sans cesse irritant ta colère,
Par le secours heureux d'une main étrangère
T'écrivois, nourrissois, échauffois tes transports,
Subjuguois ton amour, étouffois tes remords.
C'est moi qui dirigeant un de tes domestiques,
Par l'intérêt, à mes projets soumis,
Ai de ses faux rapports appuyé mes écrits,
Et t'ai fait embrasser mille objets fantastiques ;
Je comptois tous tes pas dans le piège affermis ;
Jusqu'au bout ma vengeance a dévoré sa proie.
Vois donc tous tes forfaits, & sens toute ma joie :
Evard étoit l'exemple des amis ;
Ta femme, celui des épouses ;

Cet enfant, il étoit le tien;
Tous les trois, je sçais tout, on ne m'a caché rien,
Ont succombé sous tes fureurs jalouses...

Mérinval fils jette la lettre sur la table, & court avec précipitation vers le fond du théâtre.

MÉRINVAL *père.*

Ou vas-tu, Mérinval?

MÉRINVAL *fils.*

De cent coups réunis
Percer le monstre affreux...

MÉRINVAL *père.*

Il n'est plus tems, mon fils!
L'impunité... reprends cette lettre fatale

MÉRINVAL *fils, revient sur ses pas, reprend la lettre, & continue de lire:*

Et c'est où t'attendoit un amant outragé!
En vains éclats ton désespoir s'exhale.
Ne meurs pas, ne meurs pas; j'en serai plus vengé:
Souffre après ces revers tout le malheur de vivre.
C'est à ton propre cœur que Séligni te livre...

Ne vas point concevoir le projet insensé
De vouloir m'égaler dans l'art de la vengeance;
Mon sort, quand jusqu'à toi ma lettre aura passé,
Ne sera plus en ta puissance;
Sous un ciel étranger, j'aurai fixé mes pas.
Puisse ma haine encor survivre à mon trépas!
D'un asyle ignoré, j'insulte à ta souffrance.

Et ma main ne sauroit lui déchirer le flanc ;
S'enfoncer à plaisir dans son cœur tout sanglant !
J'irai ... Je surprendrai sa trace fugitive...
Ma mère...

MÉRINVAL *père.*

Eh bien, mon fils, tu voudras que je vive?

Il se lève avec fureur, & court à son fils avec le même emportement.

Mérinval, de ton bras, j'attends les premiers coups.
Du ciel qui m'a proscrit, assouvis le courroux ;

Il lui découvre son estomach.

Perce un cœur fatigué du poids de l'infortune.
Tout, tout m'est odieux, me blesse, m'importune ;
Toi-même ... Hâte-toi d'anéantir ce cœur,
Eternel aliment d'un éternel malheur ;
Et montre toi mon fils, en m'arrachant la vie.

MÉRINVAL *fils, embrassant son père.*

Que la mienne plutôt cent fois me soit ravie !
Eh ! mon père, quittez, quittez ce noir dessein ;
Vous nous plongez à tous un poignard dans le sein.

Pendant ce tems, Mérinval père va se rejetter dans le fauteuil, & laisse échapper divers mouvements d'agitation ; il pleure, il a la tête penchée sur son sein.

Au nom de la tendresse, au nom de la nature
Qui par ma bouche, hélas ! vous presse, vous conjure,

Mon père, accordez-moi ... daignez vous rendre aux pleurs
Il se jette à ses pieds.
Dont j'arrose vos pieds en ce moment d'horreurs;
Si vous restez toujours à ces pleurs insensible,
Si vous gardez toujours un esprit infléxible,
Que le sang près de vous reclame envain ses droits;
De la religion braverez-vous les loix?
C'est elle...

MÉRINVAL *père.*

Mérinval, ils n'étoient point coupables!

MÉRINVAL *fils.*

Écartez, écartez des tableaux effroyables.
Sans être criminel, l'erreur vous a perdu;
Mais domptez votre sort à force de vertu.
Promettez donc au ciel dont aujourd'hui vous-même
Reconnaissiez l'empire, & la bonté suprême,
Promettez de porter le fardeau de vos jours,
Et sensible à nos soins, d'en respecter le cours.
Triomphez des assauts qu'un noir chagrin vous livre.

MÉRINVAL *père relevant son fils, se levant lui-même, & s'avançant avec Mérinval au-devant du théâtre.*

Tu seras satisfait: oui, je promets de vivre,
Ou plutôt de traîner une éternelle mort.
Mon ame pour jamais est ouverte au remord!..

Mais

Mais à ces pleurs, mon fils, si tu veux que je cède
Pour soulager mes maux, il n'est qu'un seul remède;
Tu me l'as rappellé; tantôt je te parlois
De cet asyle saint où déjà je volois;
Eh! que n'ai-je suivi cette heureuse pensée!
Cet écrit, le tourment de mon ame oppressée,
Aux mains d'un malheureux ne seroit point tombé;
A ses derniers revers il se fût dérobé.
Cet asyle m'attend; ne vas point me combattre;
Là, du moins, je vaincrai le sort opiniâtre;
Je défierai la vie, & ses ennuis cruels;
Le malheur poursuit-il jusqu'au pied des autels?

MÉRINVAL *fils.*

Vous séparer de nous!

MERINVAL *père.*

Tu veux que ma constance
Supporte le fardeau d'une horrible existence.-
Le dessein en est pris. Tu rempliras mes vœux.
Je pars, dès ce moment. Qu'on l'ignore en ces lieux;
Que ta femme surtout n'en soit point informée;
J'aurois à redouter sa tendresse allarmée.
Arrivé par degrés à tant d'adversité;

Dans l'abyme profond où le ſort m'a jetté,
Il n'eſt qu'un Dieu, mon fils, dont le bras me ſoutienne;
Et je vole à ce Dieu. Cours préparer... *Il l'embraſſe.*
J'ai peine
A te laiſſer ſortir de ce ſein paternel !
Je ne ſçais... Mérinval ... mon fils... Va.

MÉRINVAL *fils, fait quelques pas, & revient.*

Le cruel !
Il échappera donc à ma main vengereſſe !
Le monſtre jouira de ſa ſcélérateſſe ! . .
Quoi ! l'on ne ſçaura point...

MÉRINVAL *père.*

Vains efforts ! l'inconnu
Qui donna cette lettre, a ſoudain diſparu.
Séligni.. laiſſe à Dieu le ſoin de ſon ſupplice :
Il ne peut ſe ſauver, mon fils, de ſa juſtice ;
Le bras qui le menace, & qui s'appéſantit,
Atteint par-tout le crime, & par-tout le punit ;
Eh ! n'a-t-il pas ſon cœur qui me venge ſans doute ?
Dérobe-moi les pleurs que mon départ te coûte.
J'emporte, en te quittant, l'eſpoir conſolateur
Que mes revers pourront affermir ton bonheur :
Mérinval, je te laiſſe une image terrible
Des excès où s'égare une ame trop ſenſible.
Va, te dis-je, & reviens promptement...

SCÈNE III.

MÉRINVAL père; *seul; regardant son fils jusqu'au moment qu'il l'ait perdu de vue.*

De ses bras
À regret détaché ... quels sont mes vœux, hélas?
Anéanti, brisé sous cent coups de tonnerre,
Je voudrois m'enfoncer au centre de la terre,
M'y cacher à moi-même; & je ne puis quitter
Ces lieux que j'ai souillés, que je dois détester.
Mon fils, après dix ans d'une absence cruelle,
M'est rendu: ma tendresse en ces murs le rappelle;
Et ce jour, ce moment ... à peine je le vois!
J'embrasserai mon fils pour la dernière fois!..
Malheureux! est-ce à toi de sentir la nature?
Elle t'accusoit trop! son lugubre murmure
T'avertissoit assez de tous tes attentats;
Non, la voix du remords ne se repousse pas.
Mon ami ... mon épouse ... ah! ma chère Sophie,
Je possédois ton cœur, & j'ai tranché ta vie!
Cet enfant, cet enfant, c'étoit le mien! ô cieux!..

Après un repos.

Je ne sçaurois trop tôt m'exiler de ces lieux.

Partons... allons mourir. Dans ma douleur profonde,
Dois-je tourner encor mes regards vers le monde?
C'eſt un ſonge qui fuit de mes ſens éperdus!
Les nœuds qui m'attachoient, je les ai tous rompus!
Fatigué de la vie, au bout de ma carrière,
Je n'enviſage plus, dans la nature entière,
Qu'un cercueïl... je l'embraſſe, & j'y porte avec moi
D'inutiles regrets, les remords & l'effroi!
Maître de nos deſtins, mon unique réfuge,
O mon Dieu, ſois mon père, & ne ſois pas mon juge...
Mon fils ne paraît point! rébelle à mes ſouhaits,
Voudroit-il me fermer ce ſéjour de la paix?
Eh! ce n'eſt qu'aux autels qu'une ame déſolée
Peut dépoſer les maux dont elle eſt accablée;
Et quel autre en effet que la religion
Daigneroit m'accorder de la compaſſion?
Hélas! l'humanité que j'ai trop outragée,
Par mes tourments n'eſt point encore aſſez vengée...
Qu'il tarde à ſe montrer!.. d'où vient que plus troublé...
J'entends... c'eſt Mérinval... *Il apperçoit Eugénie.*
Il a tout révélé!..
Eugénie!..

SCÈNE IV.

MÉRINVAL *père*, EUGÉNIE, ROSE.

EUGÉNIE, *accourant précipitamment vers son beau-père, & dans un désordre qui décèle son agitation.*

AH ! monsieur ! ah ! mon père !

MÉRINVAL.

Des larmes !..

Expliquez-vous : pourquoi ces soudaines allarmes ?

EUGÉNIE.

Mon père ! Mérinval...

MÉRINVAL.

Mon fils ... eh bien ! mon fils...

EUGÉNIE.

Vient de quitter ces lieux.

MÉRINVAL.

Rassurez vos esprits :

Bientôt nous le verrons.

EUGÉNIE

D'une trop juste crainte ;

Loin de la dissiper, tout redouble l'atteinte ;

Il est sorti, mon père, enflammé de fureur.

MÉRINVAL.

Qui ?

EUGÉNIE.

Mon époux.

MÉRINVAL.

à part.

Mon fils !.. ô nouvelle terreur !

EUGÉNIE.

Un inconnu l'aborde ; il lui parle à voix basse ;
Aussitôt Mérinval jette un cri qui me glace,
S'élance à son épée, & fuyant de mes bras,
S'échappe ... il disparaît !

MÉRINVAL.

à Rose. Qu'on vole sur ses pas.
Amenez-moi Henri : que tout ici le suive. *Rose sort.*

SCÈNE V.

MÉRINVAL *père*, EUGÉNIE.

MÉRINVAL *troublé.*

O Dieu ! Dieu ! retenez mon ame fugitive !
Quel avenir m'attend ?.. qu'eſt devenu mon fils ?
Si c'étoit ce cruel ... mes ſens d'effroi ſaiſis...
Laiſſa-t-il dans ces murs ſon infernal génie ?
Faut-il encor trembler ?.. *à Eugénie.*
Vous dites, Eugénie...
Un étranger ... comment !.. par quel deſtin fatal...

SCÈNE VI.

MÉRINVAL *père*, EUGÉNIE, HENRI, ROSE, *plusieurs autres* DOMESTIQUES.

MÉRINVAL *père, à Henri.*

Henri, j'ai tout perdu ... qu'on cherche Mérinval ;
Un inconnu ... ſçachez ... allez... *à part.* Où doit-il être ?
A tous les domeſtiques.
Aux portes de la ville on l'atteindra peut-être ;

Remontez vers le bois ... du côté des torrents...
Chacun de vous prendra des chemins différents,
De tous les voyageurs aura soin de s'instruire...

Les domestiques se retirent chacun par des côtés différents ; Mérinval court vers eux, & les ramène.

Revenez, mes amis... Je n'ai pas pu vous dire...
Examinez ... portez des regards curieux ;
Observez... Ah ! d'un père aurez-vous bien les yeux ?
C'est le fils le plus cher que je vous redemande...
Ramenez-moi mon fils ; courez... *Il les rappelle encore.*
Non, qu'on m'attende...
J'irai ... je veux ... mes pas sont par l'âge affaiblis...
Ranimé par l'amour, je trouverai mon fils...

à Eugénie.

Je sçaurai dissiper cette nuit de tristesse...
Je remets dans tes bras l'objet de ta tendresse.

Il sort accompagné de Henri, & de ses autres domestiques.

SCÈNE VII.

EUGÉNIE, ROSE.

EUGÉNIE *en pleurant.*

IL veut me raſſurer, quand lui-même éperdu...
A mes pleurs Mérinval ne ſera point rendu !
Tous mes ſens ſont remplis du ſombre effroi d'un ſonge:
J'entens des cris plaintifs .. dans le ſang je me plonge..
Je marche ſur des morts .. j'accours à mon époux..
Je le vois expirant ... percé de mille coups !..

ROSE.

Eh ! pourquoi vous former ces funèbres images ;
Madame ?

EUGÉNIE.

Je me livre aux plus triſtes préſages...
Tout m'afflige & m'effraye. *à Roſe.*
Ah ! tu n'as point aimé !
Le véritable amour eſt ſans ceſſe allarmé...
Quel feroit l'inhumain dont nous parloit ſon père ?
Il le connait ... tous deux ... pénétrons ce myſtère.

Sçachons où Mérinval peut être en ce moment;
Allons nous opposer à leur emportement ;
Les cruels ... ils seront attendris par mes larmes ;
Je m'expose à leurs coups ; je vole entre leurs armes ;
Je sauve Mérinval ; ou le fer assassin
Terminera mes maux, en me perçant le sein.

FIN DU SECOND ACTE.

ACTE III.

SCÈNE PREMIÈRE.

EUGÉNIE, ROSE.

EUGÉNIE *égarée de douleur.*

QUOI, toujours incertaine, aux allarmes livrée;
Portant de toutes parts ma douleur égarée,
Et ne pouvant ſaiſir la plus faible clarté !
Quel deſtin accablant ! quelle perpléxité !
Roſe, de Mérinval on n'a point de nouvelles ?
Son père ... il m'abandonne à ces terreurs mortelles !
Perſonne n'a paru ?

ROSE.

Perſonne. Il faut penſer,
Madame, que bientôt vos craintes vont ceſſer.
Dans leur zèle empreſſé parcourant cet aſyle,
Ils auront étendu leur recherche à la ville,

Obſervé les chemins, & les lieux d'alentour.
A vos vœux ſatisfaits, tout promet leur retour;
J'embraſſe avec tranſport cette flatteuſe attente :
Éloignez des objets que la triſteſſe enfante;

EUGÉNIE.

Ils ſemblent malgré moi s'attacher à mes pas!

ROSE.

Vous verrez votre époux...

EUGÉNIE *d'un ton de douleur.*

Je ne le verrai pas...
Je ne le verrai plus! le tourment le plus rude
Reviendra ſuccéder à tant d'inquiétude.
Si le ciel daigne enfin m'éclairer ſur ſon ſort,
Roſe, n'en doute point, on m'apprendra ſa mort.
Voilà ſur quel objet mon ame eſt arrêtée!
Voilà dans quel malheur je ſuis précipitée!
Étoit-ce mon eſpoir?

ROSE.

Quel étrange penchant
Vous preſſe d'écouter un noir preſſentiment?
Madame, eſpérez mieux de votre deſtinée.

EUGÉNIE.

A peine j'ai formé les nœuds d'un hyménée

Où j'attachois, hélas ! un bonheur qui n'eſt plus ;
Eh ! je laiſſe échapper des regrets ſuperflus.
Ma raiſon ne ſçauroit, de ce trouble maitreſſe,
Étouffer une voix qui s'élève ſans ceſſe ;
Le ciel qui nous pourſuit, devoit ſervir nos vœux :
Pleins d'un doux ſentiment, nous venons en ces lieux
Pour embraſſer un père, & conſoler ſon âge ;
L'avenir nous offroit une riante image,
Je touche, (de ce ciel eſt-ce haine ou faveur ?)
Au moment où je dois conſacrer mon ardeur,
Sceller cette union à mon amour ſi chère,
Au nom d'épouſe enfin joindre le nom de mère ;
Et ſoudain Mérinval, par un évenement
Qu'à mes yeux inquiets on cache vainement,
Court, ſans doute empreſſé de venger quelque outrage,
Avec un ennemi meſurer ſon courage...
Tu la déments envain : j'en croirai ma douleur,
Ce ſentiment profond dont j'éprouve l'horreur...
Il paira de ſon ſang le tranſport qui l'anime ;
Des haſards du combat il ſera la victime ;
Je ne m'aveugle point : je perdrai mon époux...
Et je n'ai pu ſçavoir...

SCÈNE II.

MÉRINVAL *père*, EUGÉNIE, ROSE, UN DOMESTIQUE *qui soutient Mérinval, & qui l'aide à marcher. On observera qu'il est habillé.*

EUGÉNIE *courant au-devant de lui.*

Il n'est point avec vous !
Ah ! parlez ... il feroit inutile de feindre :
Mérinval m'est ravi ? *à Rose.*
Je n'avois rien à craindre ?..
Tu le vois. Mon malheur n'est donc plus incertain !

MÉRINVAL, *que l'on assied dans le fauteuil qui est près de la table.*

Nous ignorons encor, ma fille, son destin !

EUGÉNIE.

Et revenu sans lui !

MÉRINVAL.

La vieillesse pesante
A secondé du sort la haine trop constante.
Mes pas précipités... Je volois vers mon fils...
Et d'un flatteur espoir mes sens étoient remplis ;

De tes larmes enfin j'allois tarir la ſource ;
Quand ma force trahie a ſuſpendu ma courſe.

EUGÉNIE.

Ciel !

MÉRINVAL.

Et ſans Mérinval on me ramène ici.
Eſpérons cependant. Le fidèle Henri
Employe à le chercher tout l'effort de ſon zèle ;
Mes autres ſerviteurs, pleins d'une ardeur nouvelle,
Ont redoublé leurs ſoins, courant de toutes parts
Dans les hameaux voiſins, ſur les routes épars...
On trouvera mon fils... Trop cruelle vieilleſſe !
Un père devoit-il éprouver ta faibleſſe ?
Et les cœurs échauffés des plus vifs ſentiments
Sont-ils faits pour céder à l'outrage des ans ?
Ah ! ma chère Eugénie, appaiſe tes allarmes ;
Hélas ! c'eſt dans mon ſein que vont couler tes larmes.
à part.
Un inconnu... Je crains quelque nouveau forfait.

EUGÉNIE *examinant Mérinval.*

Vous vous troublez, mon père !.. on me cache un ſecret.

MÉRINVAL *à part.*

O Dieu ! ſi de mes maux la cauſe eſt découverte...
A Eugénie.
Que dites-vous ?.. Mon ame à des ſoupçons ouverte...

SCÈNE III.

MÉRINVAL *père*, EUGÉNIE, ROSE, UN DOMESTIQUE, *un second* DOMESTIQUE.

MÉRINVAL *se levant avec précipitation, & faisant quelques pas vers le nouveau Domestique.*

Eh bien ! l'a-t-on revu ? dans quels lieux ?

LE SECOND DOMESTIQUE.

C'est en vain
Que nous avons, monsieur, parcouru le chemin
Qui borde la forêt, & conduit à la ville.
Jusqu'ici la recherche est encore inutile ;
Nous avons redoublé nos soins impatients,
Rien ne s'est découvert à nos yeux vigilants...
Monsieur, vous connaissez le zèle qui m'inspire.

MÉRINVAL.

Mais a-t-on demandé ?

LE SECOND DOMESTIQUE.

Nul n'a pu nous instruire.

MÉRINVAL *à part.*

Tout trahit mon espoir, se refuse à mes vœux !

EUGÉNIE

EUGÉNIE *avec vivacité à Mérinval.*

Ils n'auront point cherché !.. se reposer sur eux !
Mon père ... les cruels ! sçavent-ils comme on aime ?
Ils ne l'ont point trouvé ! j'irai, j'irai moi-même...

MÉRINVAL.

Qu'espérez-vous ?

EUGÉNIE.

L'amour affermira mes pas ;
Éclairera mes yeux... Je ne reviendrai pas,
Sans ramener ce fils, cet époux que j'adore ;
Mon père, & vous voulez que je balance encore !

MÉRINVAL.

Au domestique.

Répondez : avec vous ils se sont transportés
Dans ces hameaux lointains, de la route écartés ?

LE SECOND DOMESTIQUE.

Oui, monsieur, sans succès.

MÉRINVAL.

Pas la moindre lumière ?

LE SECOND DOMESTIQUE.

Rien qu'un zèle inutile.

MÉRINVAL.

O trop malheureux père !

LE SECOND DOMESTIQUE.

Mais vous n'ignorez pas que monſieur votre fils
Eſt à peine connu, même dans ce logis:
Venu depuis deux jours...

MÉRINVAL *avec tranſport.*

Des recherches nouvelles...
Mon ami, retournez... courez... ayez des aîles...
Je ſçaurai le payer, ce ſervice important;
Allez, attendez tout d'un cœur reconnaiſſant.

Le ſecond domeſtique ſort.

à part. O ciel! je donnerois ma fortune, ma vie...
Conſerve-moi mon fils...

SCÈNE IV.

MÉRINVAL *père*, EUGÉNIE, ROSE, LE PREMIER DOMESTIQUE.

MÉRINVAL *à Eugénie éplorée dans le ſein de Roſe.*

O Ma chère Eugénie!
Ne t'abandonne point au ſombre déſeſpoir.
Nous ſerons informés... Nous allons le revoir;
Non, ce n'eſt point, ma fille, une attente frivole.

A part. & s'avançant aux bords du théâtre.

Que dis-je, malheureux! & c'eſt moi qui conſole!

Accablé sous le poids de revers inouis ;
Faut-il que j'aye encore à trembler pour un fils ?..
Séligni dans mon ame a rapporté la crainte !
Cette effrayante image y doit rester empreinte.
Tous les traits, dont je meurs, sont partis de sa main.

SCÈNE V.

MÉRINVAL *père*, EUGÉNIE, ROSE, LE PREMIER DOMESTIQUE, UN TROISIÉME DOMESTIQUE.

MÉRINVAL *père avec vivacité au troisiéme domestique.*

IL m'est, il m'est rendu ?

LE TROISIÉME DOMESTIQUE.

Nous le cherchons envain.

EUGÉNIE *à Mérinval.*

Incessamment mon cœur se relève & retombe ;
Je n'ai plus d'espérance, & ma force succombe ;
Sentir les coups affreux qu'aujourd'hui je reçois,
Ce n'est point vivre : hélas ! c'est mourir mille fois.
Pourrois-je m'abuser ? sa perte est assurée,
Et la mienne...

MÉRINVAL.

Mon ame au désespoir livrée...

Au troisieme domestique.

Point de nouvelles ! Dieu ! nul rayon ne me luit !

LE TROISIÉME DOMESTIQUE.

On n'a rien découvert. Seulement on m'a dit...

MÉRINVAL.

On t'a dit ?.. Parle, parle...

EUGÉNIE *au domestique.*

Achéve.

MÉRINVAL.

O Providence !

Mérinval...

LE TROISIÉME DOMESTIQUE.

Sur la route où le vallon commence...

MÉRINVAL.

Eh bien !

LE TROISIÉME DOMESTIQUE.

On a trouvé, monsieur, un corps sanglant.

EUGÉNIE.

C'est lui !

MÉRINVAL.

Mon fils !

EUGÉNIE.

Courons, mon père, & qu'à l'instant...

MÉRINVAL.

Je ne puis ſoutenir ... mes forces m'abandonnent !
Les ombres de la mort, ma fille, m'environnent.
Tu n'aurois plus d'époux ! je n'aurois plus de fils !

Il va s'appuyer la tête sur un fauteuil.

LE TROISIEME DOMESTIQUE.

On répand que c'étoit un voyageur...

MÉRINVAL.

Tu dis...
Un voyageur ... mes ſens ... je reviens à la vie.
Ce n'eſt point Mérinval ; tu l'entends, Eugénie ;
Nous nous précipitons au-devant du malheur ;
Que l'eſpoir a de peine à ſortir de mon cœur !

Au troiſiéme domeſtique.

A-t-on pu diſtinguer ſon rang, ſes traits, ſon âge ?

LE TROISIÉME DOMESTIQUE.

Je n'ai ſçu rien de plus..

EUGÉNIE.

Que faut-il davantage ?

MÉRINVAL *à Eugénie.*

Eh ! laiſſez-moi douter. Mon eſprit incertain,
Se plaît à repouſſer un horrible deſtin ;
Pourquoi ſur des ſoupçons...

EUGÉNIE.

Sur des soupçons, mon père ?
Qu'exigez-vous encor ? La vérité m'éclaire !

LE TROISIÉME DOMESTIQUE *à Mérinval.*

On prétend qu'il sortoit de ces lieux...

MÉRINVAL.

C'en est fait !
Je vois tout mon malheur. Voilà le dernier trait,
Ciel ! *Mérinval est dans l'accablement.*

SCÈNE VI.

MÉRINVAL *père*, EUGÉNIE, ROSE, *plusieurs* VASSAUX, *les deux* DOMESTIQUES.

UN DES VASSAUX *accourt avec joie à Mérinval père.*

IL est retrouvé !

MÉRINVAL.

Mon fils !

LE VASSAL.

Pour vous l'apprendre,
A l'envi dans ces lieux nous brûlions de nous rendre,
Monsieur : nous l'avons sçu du fidèle Henri ;
Il est instruit du sort de ce fils si chéri.

Il marche sur nos pas, & vous allez l'entendre.

MÉRINVAL *courant successivement à ses vassaux, les serrant dans ses bras.*

Que j'ai, dignes amis, de graces à vous rendre !
Comment d'un tel bienfait envers vous m'acquitter ?

A Eugénie.

Par de plus doux transports laissons-nous agiter...
Mon fils ... est-il bien vrai qu'un père te revoie ?
Tout mon cœur ... j'ose encor ressentir de la joie !

EUGÉNIE *faisant quelques pas vers le fond du théâtre, & regardant de tous côtés.*

Mais ... il ne paraît point !

MÉRINVAL.

Va ! tu peux espérer ;
A de vaines frayeurs cesse de te livrer.
Mes amis ... pardonnez au trouble qui m'inspire ;
De l'amour paternel vous connaissez l'empire :
La nature se plaît à regner dans vos cœurs,
A vous faire éprouver son charme & ses douceurs :
C'est vous qui chérissez ce sacré caractère,
Ce lien si puissant, ce tendre nom de père ;
Vous sentez ce qu'un fils...

SCÈNE VII.

MÉRINVAL *père*, EUGÉNIE, ROSE, HENRI, PLUSIEURS VASSAUX ET DOMESTIQUES.

MÉRINVAL *courant au-devant de Henri qui a la douleur peinte sur le visage.*

EH bien! mon cher Henri,
Il nous est donc rendu! Que ne vient-il ici?
Pourquoi... seroit-ce, ô cieux! un rapport infidèle?
Tu ne partages point cette heureuse nouvelle!..
Je lis dans tes regards une sombre douleur...
Mon fils... il n'accourt point dans nos bras...

HENRI, *d'un ton touchant.*

Oui, monsieur...
Il est retrouvé.

MÉRINVAL.

Dieu! tu me saisis de crainte!
Tu ne peux t'exprimer que d'une voix éteinte!
Henri!

EUGÉNIE.

De quel effroi je me sens accabler!

HENRI, *à Mérinval.*

Un moment, ſans témoins, ne puis-je vous parler?

MÉRINVAL, *aux vaſſaux & aux domeſtiques.*

Laiſſez-moi, mes amis, allez... Je vis à peine.
Que va-t-il m'annoncer?

EUGÉNIE.

Ah! ſa mort eſt certaine.

HENRI, *d'un ton touchant, à Eugénie qui veut ſortir.*

Reſtez, reſtez, madame.

Les vaſſaux & les domeſtiques ſe retirent.

SCÈNE VIII.

MÉRINVAL *père*, EUGÉNIE, HENRI: *ce dernier a les yeux attachés sur le fond du théâtre; il attend que les vassaux & les domestiques soient retirés; ensuite il avance d'un air sombre sur la scène au milieu de Mérinval & d'Eugénie; ces trois personnages observent quelque tems un silence ténébreux, & se regardent avec une espèce d'effroi.*

HENRI *tournant la vue sur Mérinval, & d'un ton lugubre, s'adressant à lui:*

Oui, son sort est connu.

MÉRINVAL.

Tu pleures! tu gémis!

HENRI.

O désastre imprévu!

MÉRINVAL *tombant dans le fauteuil près de la table, la tête appuyée sur ses mains.*

Je tombe... *Après quelques instans, il releve la tête.*

Eh bien! Henri, frappe, ôte-moi la vie:
J'attends les derniers coups.

A Eugénie qui est dans la plus profonde douleur.

Trop sensible Eugénie!..

Vous redoublez mes maux ! *à Henri.*

Eſt-il bleſſé, mourant ?

M'eſt-il ravi ?

HENRI.

J'annonce un malheur bien plus grand !

MÉRINVAL.

Un malheur bien plus grand ! cieux ! il ſeroit poſſible !
Et ... comment m'accabler d'un revers plus terrible ?
Il n'eſt point de ſupplice à mes tourmens égal.

HENRI.

Un homme aſſaſſiné...

MÉRINVAL.

Ce ſeroit Mérinval ?

HENRI.

Nous ſerions trop heureux !

MÉRINVAL.

Et que va-t-il me dire ?

HENRI.

Dans les flots de ſon ſang, cet étranger expire.
La main qui l'a frappé ... je n'acheverai pas...
Vous devez trop m'entendre.

MÉRINVAL.

A Henri.

O Dieu ! tu m'apprendras...

Tous mes ſens égarés ſe ſoulèvent d'avance...

HENRI.

Eh bien !.. l'auteur du meurtre ... eſt...

MÉRINVAL.

Mon fils ?.. ton ſilence...
Cruel ! tu m'as tout dit.

HENRI.

Oui, père infortuné,
C'eſt lui, c'eſt votre fils ... vers la priſon mené...

MÉRINVAL *égaré de douleur.*

Mon fils! dans la priſon!.. ah! c'eſt moi.. qu'on m'y traîne !
Qu'on m'y traîne !.. je dois ſubir l'affreuſe peine...
Oui, je ſuis le coupable ; oui, je ſuis l'aſſaſſin ;
Oui, j'ai mis à mon fils le poignard dans la main.

A [illegible] & Henri.

Vous ſçaurez tout ... ma force ... ah ! qu'elle ſe ranime !
J'en eus ... j'en eus aſſez pour commettre le crime,
Et je n'en aurois point, ô comble de douleur !
Pour voler à ce fils dont je perce le cœur.

La toile ſe baiſſe.

FIN DU TROISIÈME ACTE.

ACTE IV.

La toile se lève. Le théâtre représente une salle où l'on rend la justice.

SCÈNE PREMIÈRE.

LE LIEUTENANT CRIMINEL, SIX CONSEILLERS, UN GREFFIER, UN HUISSIER.

Le Lieutenant Criminel est sur le siége, entouré des Conseillers. Aux pieds du Lieutenant Criminel, est de côté le Greffier ayant une table vis-à-vis de lui. L'Huissier est dans un coin de la salle ; on observera que c'est une séance de rapport, & alors les jugemens se rendent à HUIS CLOS.

LE LIEUTENANT CRIMINEL
se levant ainsi que les Conseillers.

LE rapport est fini. *à un des Conseillers.*
Je reste, & vais entendre
Un jeune homme...

LE CONSEILLER *au Lieutenant Criminel; les autres Conseillers parlent entre eux.*

A ce crime auroit-on dû s'attendre?
Je l'ai vû... sous des traits où se peint la bonté,
Cacher tant de fureur, & tant d'atrocité!
Dans l'âge où la douceur se répand sur la vie,
Avoir une ame au meurtre à ce point endurcie!
Ce contraste odieux, dans l'homme présenté,
Qu'on ne peut concevoir, m'a toujours révolté:
La touchante pitié forme son caractère,
Et nul monstre ne porte un cœur plus sanguinaire!
Seroit-il un destin, qui, maître de nos sens,
Nous poussât vers le crime, & forçât nos penchants?
D'une puissance enfin pour le mal agissante,
Notre faible nature est-elle dépendante?
Non, un Etre suprême ordonne & parle en nous;
Nous repoussons sa voix...

LE LIEUTENANT CRIMINEL *au Conseiller.*

Étonné comme vous
Des mouvements divers dont nous sentons l'empire,
Mon esprit combattu cherche envain à s'instruire.

A l'Huissier.

Allez, que l'accusé vienne. *L'Huissier sort.*

En ce même instant
De ce mélange obscur j'ai l'exemple frappant:

Vous parliez du jeune homme offert à votre vue ?
Ma raiſon n'a jamais été plus confondue.
Oui, ſon aſpect fait naître un intérêt puiſſant ;
Même juſqu'à ſa voix dont on aime l'accent ;
Il annonce l'honneur, la vertu, la naiſſance ;
Il a tous les dehors de l'heureuſe innocence ;
Son front...

L'HUISSIER *revenant.*

Au Lieutenant Criminel.

Le priſonnier...

LE LIEUTENANT CRIMINEL.

Qu'il entre. *Au Conſeiller.*
Plaignez-moi.
Je ſens tout le fardeau de mon pénible emploi.

Les Conſeillers ſe retirent par une porte oppoſée.

SCÈNE II.

LE LIEUTENANT CRIMINEL, MÉRINVAL *fils*, LE GREFFIER, L'HUISSIER.

Le géolier amène à la porte Mérinval, & le remet entre les mains de l'Huissier qui le conduit vers le Lieutenant Criminel; il est sans chapeau, sans épée, sans boucles à ses souliers, tel que se présentent des accusés. Il est inutile de dire qu'on a cherché à rendre cette action dans toute la vérité reçue. On a suivi exactement tout ce qui se pratique dans un interrogatoire; il y a une chaise de paille ou un tabouret à peu de distance du Greffier.

LE LIEUTENANT CRIMINEL *à part.*

O Justice suprême !
Viens diriger la mienne, & prononce toi-même.
L'ombre s'enfuit devant tes célestes clartés...
Qu'il approche. *Mérinval fait quelques pas au-devant du Lieutenant Criminel; l'Huissier sort; il ne reste que le Greffier qui se prépare à écrire.*

A Mérinval. *Il leve la main.*

Levez la main. Vous promettez
A Dieu qui vous entend, qui confond l'imposture,
Qui lit au fond des cœurs, qui punit le parjure,
De déposer ici la simple vérité ?

MÉRINVAL.

MÉRINVAL.

Oui, monſieur.

LE LIEUTENANT CRIMINEL.

Raſſurez votre eſprit agité.

MÉRINVAL *à part.*

Moi ! comme un criminel ! eſt-ce l'erreur d'un ſonge !

LE LIEUTENANT CRIMINEL.

Votre nom ?

MÉRINVAL.

J'ai promis d'écarter le menſonge.

Mon nom ... ſouffrez, monſieur, qu'il demeure caché.

LE LIEUTENANT CRIMINEL.

Je ne puis...

MÉRINVAL.

Ce ſecret... Daignez être touché...

LE LIEUTENANT CRIMINEL.

Vous manquez à la loi : ce ſilence la bleſſe...

Au Greffier. *A Mérinval.*

Écrivez ſon refus. Votre rang ?

MÉRINVAL.

La nobleſſe

Fut un don du hazard à mes ayeux tranſmis ;

Je voulois par moi-même en relever le prix :

Illuſion flatteuſe, & bientôt terminée !

LE LIEUTENANT CRIMINEL.

Votre âge ?

MÉRINVAL.

J'atteignois ma vingt-deuxième année.

LE LIEUTENANT CRIMINEL.

Votre pays ?

MÉRINVAL.

Paris, monsieur, fut mon berçeau :
Sort cruel ! que plutôt ne fut-il mon tombeau !

LE LIEUTENANT CRIMINEL *à part.*

De ma compassion, moi-même, je m'étonne !
Je plains... *à Mérinval.*
Asseyez-vous. *Il s'assied.*
D'un meurtre on vous soupçonne ;
On vous accuse même, & de plus d'un témoin,
Qui contre vous dépose...

MÉRINVAL.

Il n'en est pas besoin,
Monsieur ; j'en fais l'aveu : je suis ... je suis coupable,
Puisqu'on ne peut sans crime immoler son semblable.

LE LIEUTENANT CRIMINEL.

Mais qui vous a conduit ? l'attrait de l'or...

MÉRINVAL *se levant avec une espèce d'indignation, & mettant par un geste involontaire la main du côté de l'épée.*

Monsieur...

Il retombe sur son siège, & prend son mouchoir pour essuyer ses larmes.

Ah ! c'eſt à cet affront que je ſens mon malheur !..

Au Lieutenant Criminel.

Mon ame révoltée au ſeul mot de baſſeſſe...
Monſieur, je fus toujours digne de ma nobleſſe ;
Et nul autre que vous ... pardonnez ... pardonnez...
A la vive douleur mes ſens abandonnés...
Non, je n'étois pas fait pour ſouffrir cet outrage.

LE LIEUTENANT CRIMINEL.

Qui vous animoit donc ?

MÉRINVAL.

La vengeance, la rage,
Toute la ſoif d'un ſang qui, ſans doute, auroit dû
Par les plus viles mains être ici répandu ;
Le ciel lent à frapper, à lancer ſon tonnerre,
De ce monſtre odieux ne purgeoit point la terre :
J'ai prévenu ſes coups ; j'ai déchiré ce flanc...
Oui, je me ſuis baigné dans les flots de ſon ſang.

LE LIEUTENANT CRIMINEL.

Calmez-vous : d'où peut naître une telle furie ?

MÉRINVAL.

Si vous ſçaviez ... le monſtre ! il n'avoit qu'une vie...
Et pour tant de forfaits il n'a pu que mourir !
De mes coups cependant je n'ai point à rougir :

Soumis en tout aux loix par l'honneur imposées ;
Mon juste emportement ne les a point blessées ;
Gentilhomme & Français, c'est tout vous dire enfin :
Je suis son meurtrier, & non son assassin.

LE LIEUTENANT CRIMINEL.

Mais encor, quel motif arma votre vengeance ?

MÉRINVAL.

Il restera caché dans la nuit du silence.
A des prétextes vains je pourrois recourir ;
Je ne sçais point tromper ... & je sçaurai mourir.

Il est inutile d'observer que le Greffier écrit les demandes & les réponses.

LE LIEUTENANT CRIMINEL.

Vous persistez ?

MÉRINVAL.

Toujours. Cette cause secréte
Jamais ne sortira de ma bouche indiscréte...

LE LIEUTENANT CRIMINEL.

Vos complices ?

MÉRINVAL *avec fierté.*

Moi seul, ferme dans mon projet,
L'ai conçu, l'ai suivi, l'ai rempli : j'ai tout fait.
Que je sois seul puni ; cet aveu doit suffire...
Tout vous est révélé ; je n'ai plus rien à dire.

LE LIEUTENANT CRIMINEL.

Quoi ! vous vous obſtinez ?..

MÉRINVAL.

Je vous l'ai dit, monſieur :
On n'arrachera point ce ſecret de mon cœur ;
Je prétends avec moi l'emporter dans la tombe ;
Non, ne vous flattez pas que j'héſite, ou ſuccombe.
Les ſupplices, la mort ... & quelle mort ! ô ciel !
Rien ne me fera rompre un ſilence éternel...
Je pourrois excuſer un tranſport légitime
Que l'intérêt commun doit appeller un crime,
Lorſque je ſuis peut-être à mes yeux innocent ;
J'ai fait ... ce que j'ai du ... je ſçais ce qui m'attend,
Que la loi me condamne, & qu'elle eſt inſenſible...
Tout mon courage cède à cette image horrible !

Avec un gémiſſement.

Ah ! mon père. *Sa tête tombe dans ſon ſein.*

LE LIEUTENANT CRIMINEL *à part.*

Il m'émeut ! que je ſens ſon malheur !

A Mérinval.

Vous avez donc un père ?

MÉRINVAL *en pleurant.*

Et voilà ma douleur

Oui, monſieur, j'ai mon père, objet de ma tendreſſe;
Dont j'eſpérois, hélas! conſoler la vieilleſſe,
Une épouſe ... elle alloit donner à mon amour
Un gage ... que ſes yeux ne s'ouvrent point au jour!
Il auroit à pleurer, à méconnaître un père...
Je plonge dans la tombe une famille entière,
Un vieillard, une femme, un enfant... tous les trois
Embraſſent vos genoux, vous parlent par ma voix.
Je ne demande point que le juge infléxible,
Vaincu par la pitié, cède à l'homme ſenſible:
Je connais la rigueur qu'ordonne votre état;
Rempliſſez ſes devoirs, & ſoyez magiſtrat...
Qu'on prononce, en un mot, la ſentence mortelle:
Mais, monſieur, la juſtice eſt-elle aſſez cruelle
Pour fermer ſon oreille à l'unique faveur
Que l'humanité même attend de votre cœur?
Oui, c'eſt l'humanité qui pour moi vous ſupplie:
Qu'un prompt trépas m'arrache au tourment de la vie!
Non, je n'aſpire point à prolonger des jours
Dont bientôt la douleur termineroit le cours;
Je rejette un fardeau qui m'indigne, & me laſſe;
Je n'attends qu'un bienfait, je ne veux qu'une grace;
Monſieur: qu'à ce ſéjour dérobant mon deſtin,
J'aille ſubir la mort dans un ſéjour lointain...

Au bout de l'univers !.. mon épouſe, mon père,
Qui n'ont point de ce ciel mérité la colère,
Dumoins ne ſçauront pas ma déplorable fin;
C'eſt un fils, un époux, un malheureux enfin,
Dont chaque inſtant, monſieur, irrite les allarmes,
Il ſe jette aux pieds du juge.
Qui dépoſe à vos pieds ſa prière, & ſes larmes.
Laiſſez-vous attendrir...

SCÈNE III.

LE LIEUTENANT CRIMINEL, MÉRINVAL *fils*, LE GREFFIER, UN HUISSIER.

L'HUISSIER *au Lieutenant Criminel.*

Un vieillard tout en pleurs...

MÉRINVAL *ſe relevant avec impétuoſité.*

Un vieillard ! ce ſera mon père ! je me meurs...
Allant à l'Huiſſier.
Un moment...

L'HUISSIER *au Lieutenant Criminel.*

De ces lieux ſollicite l'entrée.

LE LIEUTENANT CRIMINEL.

A l'Huiſſier.
Qu'il paraiſſe.

Au Greffier.

Arrêtons. *Le Greffier ferme son porte-feuille.*

MÉRINVAL *au Lieutenant Criminel.*

Mon ame eſt déchirée...
Épargnez... *à part.* Il ſçaura...

Mérinval court ſur la ſcène, tantôt vers l'Huiſſier, tantôt vers le Lieutenant Criminel.

SCÈNE IV.

LE LIEUTENANT CRIMINEL; MÉRINVAL *fils*, MÉRINVAL *père*, LE GREFFIER, L'HUISSIER.

Mérinval père eſt conduit par l'Huiſſier qui ſe retire; le vieillard va tomber dans les bras de ſon fils.

LE LIEUTENANT CRIMINEL *à part, & reconnaiſſant Mérinval père.*

DIEU! qu'eſt-ce que je voi!
Son père! Mérinval!

MÉRINVAL *père toujours dans les bras de ſon fils, après un long ſilence.*

Mon fils! c'eſt toi! c'eſt toi!
Dans quel état! ô ciel!..

Il va au Lieutenant Criminel, & avec emportement:

Puniſſez le coupable;
Non, jamais d'un forfait mon fils ne fut capable...

C'eſt moi qui l'ai commis.

LE LIEUTENANT CRIMINEL.

Vous dites ?

MÉRINVAL *fils au Lieutenant Criminel.*

Eh ! monſieur !
N'écoutez point un père égaré de douleur...
Qui voudroit me ſauver... *A ſon père, bas.*
Vous me perdez, mon père :
Cet horrible ſecret, daignez encor le taire...

MÉRINVAL *père, au Lieutenant Criminel.*

Oui, c'eſt moi...

MÉRINVAL *fils vivement.*

Non, mon père, on ne vous croira pas.
A ſon père, à part.
S'il vous échappe un mot, vous hâtez mon trépas.

MÉRINVAL *à ſon fils, bas.*

Eh bien !.. je me tairai. *Au Lieutenant Criminel.*
Contemplez ma misère ;
Ne pourra-t-on fléchir cette équité ſévère ?
Faudra-t-il que mon fils ... ô père infortuné ?
A cette mort affreuſe étoit-il deſtiné ?
Monſieur ... vous m'entendez ? *En pleurant.*

LE LIEUTENANT CRIMINEL.

Je ressens vos allarmes ;
C'est un cœur paternel qui recueille vos larmes.
Engagez votre fils à dire ingénuement
La cause, & les effets d'un tel emportement,
D'où vient qu'au meurtre enfin sa vengeance enhardie
A pu...

MÉRINVAL *père vivement.*

Promettez-moi de lui sauver la vie ;
Et ... je dis tout, monsieur ; tout vous est révélé.

MÉRINVAL *fils bas à son père.*

Mon père...

Au Lieutenant Criminel.

Il ne sçait rien. Par la douleur troublé...
Je vous l'ai déjà dit, c'est un père qui m'aime,
Qu'égare un fol espoir ... une tendresse extrême...

Pendant ce tems, Mérinval père livré à sa douleur est au-devant du théâtre.

J'osois vous demander une grace. Le ciel
Veut me faire subir le sort le plus cruel,
Aux yeux mêmes d'un père exposer ce supplice...
J'attendrai mon arrêt, soumis à la justice :
Mais du moins permettez qu'un fils, qui va mourir,
Avec son père ici puisse s'entretenir.

LE LIEUTENANT CRIMINEL

d'un ton pénétré.

Parlez-lui ; j'y consens. Ce qu'un devoir austère
Voudra bien m'accorder, je suis prêt à le faire.
Croyez-moi, l'équité n'endurcit point le cœur ;
Et nous devons toujours soulager le malheur.

En sortant, au Greffier.

Vous veillerez sur lui.

SCÈNE V.

MÉRINVAL *père*, MÉRINVAL *fils*, LE GREFFIER.

Le Greffier est à l'extrémité de la salle, occupé à examiner des papiers, à les arranger. Les deux autres personnages sont avancés presque sur le bord du théâtre, de sorte qu'en parlant d'une voix peu élevée, ils ne sçauroient être entendus des personnes qui seroient au fond. Le père & le fils se regardent quelque tems sans laisser échapper un mot.

MÉRINVAL *père à son fils.*

Voilà donc mon ouvrage !.
Mérinval ! ô mon fils !

MÉRINVAL *fils.*

Armez-vous de courage ;
Je vous réponds du mien.

MÉRINVAL *père.*

Et tu veux, quand tu meurs,
Que je garde un secret qui causa tes malheurs !

Non, cruel, n'attends pas cet effort de ton père;
Par quel charme invincible ai-je encor pu me taire?
Je vais tout déclarer... aux juges assemblés
Exposer des forfaits que l'ombre a trop voilés.
A la rigueur des loix, il faut une victime:
Je la livre en leurs mains; moi seul ai fait le crime;
Moi seul suis déchiré par d'impuissants remords;
Que seul du châtiment...

MÉRINVAL *fils s'approchant de son père.*

Contraignez ces transports:
On pourroit nous entendre.

MÉRINVAL *père.*

Ah! que ces lieux, le monde,
Tout l'univers soit plein de ma douleur profonde!
Que mes pleurs, que mes cris soient partout entendus!
Qu'on sache que c'est moi... tous mes sens éperdus...

MÉRINVAL *fils.*

Un mot, mon père, un mot.

MÉRINVAL *père.*

Eh! que vas-tu me dire?
J'ai de tes volontés trop reconnu l'empire!

MÉRINVAL *fils.*

Écoutez... *Il s'approche de son père, & d'une voix un peu moins élevée;*

Je ressens tout le prix de l'amour

Qui pour moi vous anime en cet horrible jour,
Et j'ai pu mériter un ſentiment ſi tendre ;
Combien vous m'êtes cher, mon ſort doit vous l'apprendre ?
Mais, mon père !.. écoutez. Quel eſt votre deſſein ?
Que prétendez-vous faire en découvrant enfin
De nos malheurs communs la ſource épouvantable ?
Mon père criminel, en ſuis-je moins coupable ?
Nous mourrons tous les deux ; & pourquoi me ravir
L'eſpoir qui ſuit ma perte, & ſemble l'adoucir ?
Eſt-ce à vous d'augmenter la douleur qui me preſſe ?..
Il vous reſte un enfant : un fruit de ma tendreſſe,
Peut-être, en ce moment, eſt prêt à voir le jour ;
Mon père, oubliez-moi ; donnez-lui votre amour ;
Etendez vos bontés ſur l'enfant & la mère,
La mère... Conſolez une épouſe ſi chère ;
Son malheureux époux lui coûte bien des pleurs !

MÉRINVAL *père*.

Ah ! de ton ſort affreux tout reſſent les rigueurs !
Elle m'accompagnoit, & changeant de penſée,
Tout-à-coup de mes bras elle s'eſt élancée,
Et mes yeux preſque éteints ont ceſſé de la voir ;
Tu peux te figurer quel eſt ſon déſeſpoir !

MÉRINVAL *fils.*

O ma chère Eugénie ! elle aura craint ma vue ;
La ſienne irriteroit la douleur qui me tue.
Je n'ai fait cependant que remplir tous mes vœux,
En rougiſſant mes mains d'un ſang trop odieux.

MÉRINVAL *père.*

La victime eſt ce monſtre !

MÉRINVAL *fils.*

Oui, Séligni lui-même.
Sans doute, j'ai ſervi la vengeance ſuprême ;
Eh ! mon bras pouvoit-il demeurer ſuſpendu ?
Rempli de vos malheurs, furieux, éperdu,
Je voyois, je voyois ma mère infortunée,
Par un complot affreux dans la tombe entraînée ;
Du ſéjour de la mort, elle pouſſoit des cris,
Appelloit la vengeance, & l'attendoit d'un fils.
Sollicitant par-tout des lumières certaines,
J'interroge, j'apprends que l'auteur de nos peines
Guidé par un motif, que j'ai peu recherché,
De retour en ces lieux, y demeuroit caché,
Qu'il les quittoit. Soudain je vole à ſon paſſage ;
Je ſens à ſon aſpect s'accroître encor ma rage ;
Impatient, je crie à ce monſtre inhumain,
En m'élançant ſur lui, les armes à la main :

Arrête, ſcélérat, homme indigne de vivre;
Arrête, à ma vengeance enfin le ciel te livre !
Connais ton ennemi, le fils de Mérinval.
A ce nom, d'un tranſport à mon tranſport égal,
Séligni me répond, agitant ſon épée :
C'eſt moi dont la fureur ne ſera point trompée ;
Du ſang de Mérinval mon cœur eſt altéré,
Qu'à longs traits de ce ſang mon cœur ſoit enyvré!
Mon deſtin m'a pouſſé d'abîmes en abîmes ;
Viens, viens : je vais te joindre à mes autres victimes.
A ces mots, l'un vers l'autre à la fois emportés,
Tous deux nous attaquons à coups précipités.
Mon glaive chancelant d'entre mes mains s'échappe ;
Le lâche s'applaudit ; déjà ſon bras me frappe ;
Dans mon ſein malheureux le fer s'alloit plonger.
Dirai-je que le ciel m'ait voulu protéger ?
Mon glaive eſt reſſaiſi par une main avide,
Et vainqueur à mon tour, je fonds ſur le perfide ;
Je le preſſe, l'atteins ; ſon ſang jaillit. Je meurs,
Dit-il, le trépas ſeul éteindra mes fureurs.
Tu triomphes ... ma mort ne ſçauroit à ton père
Rendre ni ſon ami, ſon enfant ... ni ta mère ;
Ma mère ! ſon image, à ces mots inſultants,
Revient, m'enflamme encor de tranſports plus ardents.

Vainement la pitié vouloit se faire entendre :
Je ne vois que ma mère, & sa plaintive cendre ;
Alors tout sentiment de mon cœur est banni :
De cent coups ma vengeance a frappé Séligni ;
Je goûtois le plaisir d'immoler le barbare ;
Et c'est dans cet état que de moi l'on s'empare.

MÉRINVAL *père en l'embrassant.*

O malheureux enfant ! devois-tu l'écouter,
Ce transport furieux, qui va tant me coûter ?
Non, je n'en croirai point l'excès de ta tendresse ;
D'un cœur ingénieux je découvre l'adresse :
Tu voudrois retarder ma fin de quelques jours.
Ta femme ... elle sçait tout, Henri même, & je cours...

MÉRINVAL *fils l'arrêtant.*

Eh ! mon père, étouffez l'ardeur qui vous emporte :
Que la nature cède à la raison plus forte ;
Je vous l'ai déjà dit : en révélant ici
Un secret, qui jamais ne doit être éclairci,
Vous courez à la mort, sans empêcher la mienne ;
Avec moi condamné, vous subissez ma peine,
Mon père, & quelle peine ? on peut sçavoir souffrir
Les plus cruels tourments ; on peut sçavoir mourir.
Mais supporter la honte !.. à cette image horrible,
Mon courage effrayé !.. l'effort m'est impossible...

Que

Que sur un échaffaut ... mon père.

MÉRINVAL *père, en le pressant contre son sein.*

Ah ! malheureux !

C'est donc moi...

MÉRINVAL *fils se retirant précipitamment des bras de son père.*

N'allons point nous attendrir tous deux.
Mon trépas est certain : ne voyons plus ma vie ;
Envisageons l'horreur qui suit l'ignominie ;
Ah ! mon père ! voilà la véritable mort,
Celle ... non, je ne puis me résoudre à mon sort.

Il l'amène plus au-devant du théâtre, & d'une voix plus basse :

Dans l'espoir de trouver un cœur qui fut capable
D'être ému de pitié sur ma fin déplorable,
J'ai tracé ce billet :

Il porte les yeux sur le fond du théâtre, tire un billet de sa poche, & le donne avec précaution à son père.

Je le mets dans vos mains ;
Songez bien que de vous dépendent mes destins.

Le père veut lire le billet.

Arrêtez ; hors d'ici vous daignerez le lire.
Je ne dirai qu'un mot : ce mot doit vous suffire...
Mon père est mon ami.

MÉRINVAL *père.*

Je suis ton assassin !

MÉRINVAL *fils.*

Je voulois vous venger ; j'ai rempli mon dessein.

SCÈNE VI.

MÉRINVAL *fils*, MÉRINVAL *père*, LE GREFFIER, LE GÉOLIER.

Ce dernier entr'ouvre la porte : il vient chercher le prisonnier.

MÉRINVAL *fils*, *appercevant le géolier.*

On vient me rendre aux fers ; que je vous voye encore !
Ne me refusez pas le bienfait que j'implore...
Je l'attens de mon père.

MÉRINVAL *père.*

Eh ! comment te revoir ?

MÉRINVAL *fils.*

L'intérêt (peu d'humains combattent son pouvoir)
D'une affreuse prison vous ouvrira la porte.
Que la nécessité sur votre amour l'emporte.
La honte est tout, mon père, & l'on brave la mort.

Il s'en va.

Mérinval père au moment que son fils se retire, jette les yeux sur le billet, & s'écrie :

Ah ! barbare ! d'un père éxiger cet effort !

Il sort accablé de douleur, après avoir remis le billet dans sa poche. La toile s'abbaisse.

FIN DU QUATRIÈME ACTE.

ACTE V.

SCÈNE PREMIERE.

Le rideau se lève. Le théâtre représente une prison.

MÉRINVAL *fils seul, les fers aux pieds & aux mains, assis sur une pierre au bas d'un poteau, & plongé dans le plus profond accablement. La prison n'est presque point éclairée.*

Voilà donc mon destin ! le partage du crime,
Des fers ! le deshonneur qu'un vil trépas imprime !
Hier, hier encor, je goûtois dans mon cœur
Cette paix des vertus, qui fait le vrai bonheur ;
Je m'enyvrois, au sein d'une épouse adorée,
D'une innocente ardeur par le ciel consacrée ;
Le plus flatteur espoir m'avoit enfin séduit ;
J'allois de mon amour recueillir l'heureux fruit :

Un enfant ... misérable ! ah ! fuis, fuis la lumière ;
A ce jour détesté, n'ouvre point ta paupière ;
Que verrois-tu ? ton père au supplice entraîné...
Laisse-moi souffrir seul le malheur d'être né...
Mais, touché de ses maux, j'ai dû venger ma mère ;
Mon père trop crédule, une famille entière,
Moi-même qui d'un monstre ai reçu des mépris...

En regardant ses fers.

Et d'un noble transport voilà quel est le prix !
Si j'ai servi l'honneur, l'amour & la nature,
Dans un sang odieux, si j'ai lavé l'injure,
Sans doute j'offensai ce ciel, qui m'en punit !
De la terre à jamais son courroux m'a proscrit.
Je sçaurai me soumettre au bras qui me châtie.
Mais, subir une fin que suivra l'infamie,
Laisser ce souvenir aux forfaits destiné,
A l'opprobre éternel voir mon nom condamné,
Quand j'esperois m'ouvrir une carrière illustre,
Sur ma famille enfin répandre un nouveau lustre :
Quand j'aimois la vertu, le véritable honneur :
Quand l'estime publique assuroit mon bonheur !..
Et n'ai-je pas toujours mon cœur, ma propre estime ?
Vengeur de mes parents, ai-je commis un crime ?

Que l'univers me croie un lâche meurtrier :
A mes yeux il ſuffit de me juſtifier.
Au jugement d'autrui peut-on être ſenſible ?
La vérité ; voilà le juge incorruptible,
Le témoignage ſeul qu'on doive rechercher ;
Et qui n'aura jamais rien à me reprocher...
Malheureux ! où m'égare une infortune extrême ?
Pour conſerver l'honneur, à l'aveu de ſoi-même,
Je ſens qu'il faut encor joindre l'aveu d'autrui ;
Et c'eſt-là ſans retour ce qu'on m'ôte aujourd'hui !..
  Mon père ne vient point adoucir ma ſouffrance !
Juſqu'à ma femme, hélas ! qui fuit de ma préſence !
Sans témoins, ſans appuis, on laiſſe ma douleur !
C'eſt à ces premiers traits que s'offre le malheur !
Cherchons donc en nous-même un ſoutien ſecourable.
Dans les maux inouis dont le fardeau m'accable,
Il n'eſt plus qu'un eſpoir pour un infortuné :
De vous auſſi, grand Dieu ! ſerois-je abandonné ?

On ouvre la porte de la priſon.

Que va-t-on m'annoncer ! finit-on ma misère ?

SCÈNE II.

MÉRINVAL *fils*, LE GÉOLIER.

LE GÉOLIER.

Il attache à la porte de la prison en dedans une espèce de lampe.

Vous allez à l'instant voir monsieur votre père.

MÉRINVAL.

Mon père ! est-il possible ! oh ! combien je vous doi,
Mon ami ! *à part.* Quelque espoir luiroit encor pour moi !

LE GÉOLIER.

Que ne puis-je, monsieur, vous être plus utile !
Ce n'est point l'intérêt qui m'a rendu facile :
De ce qui me conduit j'ignore la raison :
A votre père, enfin, j'ouvrirai la prison.
Je manque à mon devoir, mais mon cœur... Il m'entraine ;
Oui, vous m'attendrissez ... je ressens votre peine ;
Il semble que c'est moi qu'on ait chargé de fers,
Qui souffre !..

MÉRINVAL.

A ma douleur ces sentiments sont chers !

Que ma reconnaiſſance, hélas ! eſt imparfaite !
Mon père, de ſon fils acquittera la dette ;
Je n'ai rien que des pleurs ... qui bientôt vont tarir !

LE GEOLIER.

Croyez ... je voudrois bien, monſieur, vous ſecourir ;
Si votre liberté dépendoit de mon zèle !..
Aux miniſtres des loix je dois reſter fidèle,
Vous êtes à ma garde.

MÉRINVAL.

Eh ! je ne prétends pas
M'affranchir.. je ne veux... que le plus prompt trépas.
Mon père ... il tarde bien à s'offrir à ma vue !
Sous l'excès de ſes maux mon ame eſt abbatue !

LE GÉOLIER.

Il eſt ſi pénétré de votre ſort cruel !
Il gémit ; il s'écrie ; il implore le ciel,
Aux pieds des magiſtrats court & ſe précipite,
Succombe au déſeſpoir, ſe ranime, s'irrite ;
Sa vieilleſſe, des pleurs, des ſanglots redoublés ;
Voilà ce qu'il préſente à nos juges troublés.
On le plaint ; cependant...

MÉRINVAL.

Vous craignez de pourſuivre ?
Voudroit-on m'allarmer ? qu'on me parle de vivre.

Achevez, mon ami, la mort ... vous vous taisez !
Parlez !

LE GÉOLIER.

Eh ! quel chagrin, monsieur, vous me causez !

MÉRINVAL.

Je vous entends ; je sçais que ma fin est prochaine.
Je vous l'ai dit : ce coup, je le reçois sans peine ;
C'est le terme d'un sort ... que je ne soutiens plus.
Je sens s'anéantir mes esprits confondus.
Sans doute on peut mourir ; la raison, le courage
Nous aident à franchir ce terrible passage :
Mais la honte ... la honte ... eh ! quel cœur affermi !..
Le mien ... est-il bien vrai ?.. vous seriez mon ami ?..

On entend un bruit de clefs.

LE GÉOLIER.

J'entends du bruit, monsieur ; je vous quitte ; peut-être
Votre père en ces lieux...

Il sort.

SCÈNE III.

MÉRINVAL *seul après un repos.*

IL a craint de paraître !
Non, il ne viendra point ! j'ai perdu tout espoir !
Il faudra donc subir mon arrêt, sans le voir,
Sans inonder son sein de mes dernières larmes !
Sa présence eût d'un fils adouci les allarmes ;
Il me refuse tout, dans ces affreux moments ;
Jusques à la douceur de ses embrassements !
Sa tendresse dumoins auroit...

SCÈNE IV.

MÉRINVAL *fils*, MÉRINVAL *père*:

Le géolier amène celui-ci à la porte, & la ferme sur lui.

MÉRINVAL *fils.*

C'EST vous, mon père !
Eh bien ! m'apportez-vous le secours que j'espère ?..
M'aimerez-vous assez pour vaincre un sentiment
Qui me feroit subir un arrêt diffamant ?

Hélas ! c'eſt aujourd'hui que l'aveugle tendreſſe
Deviendroit, ô mon père ! une vaine faibleſſe,
Et le dernier effort de l'amour paternel
Eſt de ſauver un fils de l'opprobre éternel.
Mon honneur ... vous gardez, mon père, le ſilence !..
Vous toucheroit-il moins qu'une triſte éxiſtence
Dont par votre pitié je ſerai délivré ?
Hé quoi ! je vous aurois vainement imploré !
Vous ne répondez point !

MERINVAL père avec emportement.

Et tu pouvois l'attendre,
Cet horrible bienfait, du père le plus tendre ?
Qui ! moi ! que dans ton ſein je porte le trépas,
Que la mort de mon fils... Ah ! tu ne conçois pas...
Malheureux !.. tu n'as point les entrailles d'un père ;
C'eſt à nous, c'eſt à nous que la nature eſt chère,
Qu'elle inſpire un amour trop peu connu de toi !
Non, il n'eſt point de père aſſez maître de ſoi
Pour exiger d'un fils cet affreux miniſtère...
Et quand je forcerois la nature à ſe taire ;
Quand ſur moi la raiſon prendroit quelque aſcendant,
Qu'elle balanceroit cet amour ſi puiſſant,
Que la néceſſité, dans cette conjoncture,
M'imposeroit ſa loi ſi cruelle & ſi dure ;

Lorſque, ſûr de mon cœur, je voudrois l'aſſervir
Juſqu'à déterminer ma main à t'obéir :
Crois-tu que cette main incertaine & tremblante
Ne refuſeroit pas de ſervir ton attente ?
Un père ... préſenter du poiſon à ſon fils !

MÉRINVAL *fils, avec vivacité.*

Et vous avez bien pu...

MÉRINVAL *père.*

Pourſuis, cruel, pourſuis :
Je t'entends : *En pleurant.*
C'eſt mon fils qui me fait ce reproche !

MÉRINVAL *fils.*

Mon père, pardonnez ... l'inſtant fatal approche ;
Contemplez l'échaffaut ... quel mot j'ai prononcé !
Sous vos yeux il s'élève, il eſt déjà dreſſé ;
D'un peuple impatient la foule répandue,
De mon trépas bientôt raſſaſiera ſa vue...
Mon père .. eh ! quelles mains contre moi s'armeront ?
Ma femme, mon enfant ... ciel ! ils partageront
La vile flétriſſure à ma fin imprimée !
Ma honte avec le tems ſera plus confirmée !
Vous-même, dévoré de regrets impuiſſants,
Voyez mon deshonneur ſouiller vos cheveux blancs ;

Le préjugé cruel pourſuivre votre vie ;
Charger votre tombeau de mon ignominie ;
A l'éternelle horreur notre nom réſervé,
Dans les faſtes du crime être à jamais gravé ;
Mon deſtin accabler une famille entière,
Ma poſtérité même... & vous m'aimez, mon père !

MÉRINVAL *père.*

Tu voudrois...

MÉRINVAL *fils.*

Sur mon ſort ouvrir enfin vos yeux ;
Dompter une pitié trop funeſte à tous deux,
Triſte effet de la crainte, & non de la tendreſſe !
Pour quelques jours de plus, hélas ! qu'elle me laiſſe ;
Du ſombre déſeſpoir, d'horreurs environné,
Je ſubis un trépas, qu'elle m'eût épargné.
Ah ! ſans doute à mes vœux l'amitié moins rebelle
M'auroit oſé donner cette preuve de zèle ;
Son courage eût été plus ſûr, plus affermi :
Mais, j'implorois un père, & non pas un ami.

Pendant ce tems Mérinval père parcourt le théâtre ; il lui échappe des ſignes d'une violente agitation ; quelquefois il s'appuie, regarde ſon fils, lève les yeux au ciel, les abbaiſſe vers la terre, gémit, paraît en un mot ſouffrir des douleurs qu'il veut cacher.

MÉRINVAL *père en pleurant.*

Que dis-tu, malheureux ?

MÉRINVAL *fils avec transport.*

Que moins faible, & plus tendre
Mon ami généreux ne m'eût point fait attendre
Un don qui me ſauvoit, m'aſſuroit pour toujours
Cet honneur, mille fois préférable à mes jours,
Qu'il m'auroit apporté d'une main aſſurée...
De violents tranſports votre ame eſt déchirée !
Vous gémiſſez !.. vos yeux de larmes ſont couverts !..
Ce ne ſont point des pleurs qui briſeront mes fers,
Qui me préſerveront du plus honteux ſupplice...
Si l'amour vous anime, il eſt tems qu'il agiſſe,
Que la raiſon l'emporte en ce combat douteux.
Donnez ... ce que j'attens ; & détournez les yeux.

MÉRINVAL *père faiſant quelques pas ſur le théâtre, & en s'écriant :*

Mon fils ! mon fils !

MÉRINVAL *fils.*

Cédez. Le tems fuit ; il nous preſſe.
Oui, que cette raiſon guide votre tendreſſe :
Mon père, elle n'aura jamais plus éclaté ;
Fléchiſſons ſous le joug de la néceſſité.
Le ciel ſçait qu'à regret diſpoſant de ma vie,
Je briſe malgré moi la chaîne qui me lie ;

Mais quel autre remède opposer à mes maux ?..
Serions nous réservés à des tourmens nouveaux ?..
Loin de nous, écartons de timides allarmes ;
Ma femme, mon enfant pourront sécher vos larmes ;
Adoucir le chagrin qui vous est destiné...
Parlez-leur quelquefois de cet infortuné,
Qui cher à votre amour, vous adora, mon père,
Qui demande à vos mains de fermer sa paupière...
Nous nous attendrissons ... mon courage incertain...
Pour la dernière fois, ouvrez-moi votre sein...
Et... *Il se jette dans les bras de son père où il demeure quelque tems, ensuite il s'en retire avec vivacité & prenant un ton ferme :*
Ce présent, enfin, daignez me le remettre.

MÉRINVAL *père toujours plus agitée, & d'une voix ténébreuse :*

A mon sort plein d'horreur il faut donc me soumettre,
Et suivre, vers le crime emporté malgré moi,
De la fatalité l'impérieuse loi !
Ce n'étoit pas assez, pour combler ma misère :
Dieu ! quel destin !.. d'avoir empoisonné la mère !
Il me falloit encore empoisonner le fils !..
Eh bien !.. sois satisfait : à tes vœux j'obéis ;
J'ai subjugué mon cœur ; vainement ma main tremble ;
Tiens ; prends ; reçois la mort ... nous périrons ensemble.

Il tire de sa poche une petite boîte qu'il présente à son fils.

MÉRINVAL *fils.*

Que dites-vous ?.. *Le père laisse tomber cette boëte de ses mains. Il se trouve mal, & va s'appuyer près d'une colonne.*

Mon père !.. *Il accourt à son père.*

MÉRINVAL *père.*

Embrasse-moi .... je sens...

Mérinval ....ô mon fils ... mes regards expirants...

MÉRINVAL *fils.*

Quel secours lui donner ?..

SCÈNE V, & *dernière.*

MERINVAL *fils*, MÉRINVAL *père*; EUGÉNIE, HENRI, LE GÉOLIER.

EUGÉNIE *accourant avec un papier à la main; & suivie du géolier & de Henri.*

GRACE, grace.

MÉRINVAL *fils.*

Eugénie...

Il lui montre son père.

Accourons tous...

Le géolier ôte les fers à Mérinval; tous les acteurs entourent le père.

MÉRINVAL *père, comme revenant du sein de la mort, s'écrie :*

Mon fils ne perdra point la vie !

EUGÉNIE.

Oui, mon père, il vivra cet époux adoré :
Croyez en ma tendresse, & ce gage assuré.

Elle présente à Mérinval père le papier qu'elle a entre les mains : il veut le prendre, & ses mains défaillantes le laissent échapper ; Henri le ramasse, & y jette les yeux avec des transports de joie. Mérinval père est agité de mouvements convulsifs.

Le Roi, le Roi touché de mon récit sincère,

Avec rapidité.

A pris en ma faveur les sentimens d'un père ;
En mourant, Séligni vaincu par le remord,
A confirmé l'aveu d'un trop malheureux sort ;
Du ciel prêt à punir, redoutant la menace,
Pour Mérinval lui-même, il a demandé grace.
Par sa clémence enfin le Monarque entrainé
Rompt les fers d'un époux, & tout est pardonné.

MÉRINVAL *fils à son père,*

Mon père ... sur son front la pâleur répandue...
Il retombe!.Grand Dieu !. quelle atteinte imprévue?.
Otons-le de ces lieux. *Ils veulent le transporter.*

MÉRINVAL

MÉRINVAL *père.*

Je puis mourir ici.
Mes enfants, de ce ciel le courroux adouci
Vous épargne, & ne prend que moi ſeul pour victime:
Il eſt juſte : *à ſon fils.*
Ton père a ſeul commis le crime.
Sur la foi d'une erreur ſaiſie avec tranſport;
A deux infortunés j'ai pu donner la mort,
Outrager la nature, immoler l'innocence,
Et j'éprouve d'un Dieu la ſuprême vengeance.

MÉRINVAL *fils.*

Permettez que nos ſoins...

MÉRINVAL *père.*

Inutiles ſecours!
Ce moment a fixé le terme de mes jours;
Il eſt temps de finir un deſtin miſérable.

En ſe relevant, & d'une voix plus forte, à ſon fils.

Avois-tu pu penſer qu'un père fut capable
De t'apporter la mort ... ſans t'avoir prévenu?

MÉRINVAL *fils.*

Vous auriez ... le poiſon...

MÉRINVAL *père.*

A mon cœur parvenu...

Un froid ... je sens ... le jour ... a cessé de me luire...
Mes enfants..mon cher fils, que dans tes bras..j'expire.

Mérinval père tombe aux pieds de la colonne.

MÉRINVAL *fils se jettant sur le corps de son père.*

Mon père... *à Eugénie qui veut le relever.*
Ah ! laissez-moi : tout m'accable aujourd'hui !
Non ... ne m'empêchez point de mourir avec lui.

La toile tombe.

FIN.

EFFETS
DE LA VENGEANCE.

EFFETS

DE LA VENGEANCE.

RELATION D'UN RELIGIEUX.

MA naiſſance eſt noble ; & mon nom, qui n'eſt ici connu que du ſupérieur, jouit de quelque conſidération dans ma province. Je ne releverois pas un avantage ſi frivole aux yeux de la religion, s'il n'avoit été la ſource de tous les malheurs de ma famille, & des miens. Ma jeuneſſe s'étoit paſſée au ſervice ; & m'étant retiré dans mes terres, j'y vivois tranquillement dans un heureux mariage. Sans être d'une humeur difficile, il m'arriva de traiter avec quelque hauteur un de mes vaſſaux, qui voyoit trop familiérement la femme-de-chambre de ma femme, & que mes avis, plus d'une fois répétés, n'avoient pas eu le pouvoir d'arrêter. Je lui défendis l'entrée de ma maiſon, avec d'autant plus de force, qu'ayant conſulté les diſpoſitions de cette fille, j'a-cru lui trouver de l'éloignement pour le mariage, & le deſir de garder ſa condition. J'appris néanmoins qu'il continuoit de la voir. Cette réſiſtance m'irrita. Je paſſai chez lui, où le trouvant ſeul, mes reproches furent vifs. Il répondit avec inſolence ; & dans un mouvement de colere, je le maltraitai de quelques coups : il les ſouffrit ſans révolte ; mais au moment que je me tournois pour le quitter, il ſe jetta furieuſement ſur moi, il me terraſſa ; & m'ayant fort maltraité à mon tour, ſa crainte pour l'avenir, le fit parler de m'ôter la vie. J'étois ſans épée ; & qu'and j'aurois été mieux armé, la défenſe m'étoit impoſſible, ſous le poids d'un vigoureux payſan, qui me preſſant l'eſtomac de ſes deux genoux, me ſerroit le goſier d'une main, & de l'autre paroiſſoit chercher ſon couteau pour m'égorger. Je demandai grace : on me l'accorda ; mais ce fut après m'avoir fait jurer, par tout ce qu'il y a de ſacré au ciel & ſur la terre, que je ne me reſſentirois pas de mon aventure, & que jamais je ne penserois à la vengeance. A cette condition, que j'acceptai sans réserve, on me laissa la liberté de me retirer.

Pendant quelques jours, la honte d'un si cruel incident, & la force du lien que je m'étois imposé, faillirent de me faire perdre la raison. Je n'avois aucun témoin de mon opprobre, & le paysan se garda bien de le publier; mais c'étoit mon cœur dont je ne pouvois étouffer les cris. Enfin, ne soutenant point une situation si violente, je pris le parti d'assembler chez moi toute la noblesse de mon voisinage; & dans un conseil secret, exposant le cas à mes plus chers amis, & mes plus proches parens, intéressés, autant que moi-même, au maintien de nos droits & de notre honneur communs, je leur demandai quelle conduite je devois tenir, ou celle qu'ils tiendroient à ma place. Après une longue délibération, ils me condamnèrent, d'une seule voix, à l'exécution de ma parole; avec cet avis, dont mon malheur m'apprit la sagesse, qu'indépendamment de la modération convenable à la supériorité du rang, un gentilhomme ne doit pas maltraiter ses vassaux, s'il n'est le plus fort. Une si grave décision calma mes transports; car tel est l'honneur du monde, que souvent on le fait plus consister dans l'opinion d'autrui, que dans la nature des choses, ou que dans l'idée qu'on s'en fait soi-même. Cependant je déclarai à mon ennemi, que je ne le souffrirois pas sous mes yeux, & que pour jouir du pardon que je lui avois accordé, il devoit abandonner mes terres. Cet homme étoit riche. Il sentit qu'avec la fidélité même, qu'il me connaissoit pour mes promesses, j'avois cent moyens de le chagriner, dont il ne pourroit être à couvert. Il prit le parti de vendre tout son bien, & de s'établir dans une paroisse voisine. Je fus informé qu'en quittant la mienne, il emportoit contre moi une haîne qui ne me surprit point, quoique j'eusse pu la croire épuisée par mon aventure, ou calmée par ma patience. Il perdoit quelque chose à changer de domicile: d'ailleurs sa malignité m'étoit connue; au fond, je la crus trop impuissante, pour me laisser le moindre sujet d'alarme. Quelques mois, qui se passèrent tranquillement, me la firent oublier.

L'hiver suivant, il nous vint quelques troupes de cavalerie pour la consommation des fourages, dont l'abondance est extrême dans notre canton. J'eus ma part de ces hôtes militaires. Les chefs trouvèrent chez moi une maison ouverte & commode. Il m'étoit resté du goût pour une profession que j'avois exercée si longtems ; & la politesse des officiers qui m'étoient échus, répondit parfaitement à la mienne. Tout l'hiver fut une chaîne de plaisirs.

J'étois dans cette heureuse disposition, lorsqu'un mot d'écrit, dont le caractère m'étoit inconnu, fut jetté dans mon cabinet. Il contenoit, sans prélude & sans explication, une simple exhortation à veiller sur la conduite de ma femme. La jalousie étoit une faiblesse que je ne connaissois pas : cependant l'avis me venoit avec si peu d'affectation, qu'il me fit jetter les yeux sur mille choses que je n'avois jamais observées : je ne vis rien de suspect. Le major du régiment & quelques autres officiers, qui ne s'éloignoient pas du château, avoient pour ma femme toute la politesse qui distingue la noblesse militaire ; la décence & l'honneur y regnoient. Je repris ma confiance pour une femme respectable, qui m'avoit donné deux fils, & dont je n'avois jamais reçu le moindre chagrin.

Quinze jours après, un autre billet se retrouve au même lieu ; c'étoit un reproche d'aveuglement sur les lumières qu'on m'avoit données : il ne fit pas plus d'impression sur moi. Enfin, un troisieme écrit, mais plus étendu, quoiqu'aussi froid dans les termes, m'apprenoit ouvertement que, par un excès d'indulgence, j'avois laissé parvenir le mal au comble, & que ma femme ne se bornant plus aux plaisirs du jour, recevoit chaque nuit son amant. Il n'étoit plus question de défiance, de quelque main que ce billet fût venu : on me déclaroit un crime avéré : l'accusation portoit sa preuve. Hélas ! j'avoue que la rage succéda trop tôt à l'insensibilité ; c'est le premier de mes crimes, ou de mes malheurs. Il en a produit tant d'autres, que dans ce lieu même où je me suis condamné à les pleurer nuit & jour, je ne puis distinguer le plus funeste.

Mon transport m'auroit porté sur-le champ à des exécutions sanglantes, si j'avois mieux connu mes victimes. Mais la nuit n'étant pas éloignée, j'obtins de moi-même ce retardement pour ma vengeance ; ensuite, faisant réflexion que j'aurois peine à m'introduire sans bruit dans l'appartement de ma femme, je pris une autre résolution : ce fut de faire appeller sa femme-de-chambre, qui ne pouvoit ignorer ma honte, & de la mettre dans mes intérêts par la douceur ou l'effroi. Cette fille vint, & me demanda ingénument mes ordres. Je m'efforçai de prendre un front tranquille, & j'exigeai d'elle une sincérité qu'elle me promit. Que se passe-t-il, lui dis-je, dans l'appartement de votre maitresse ? Elle affecta de l'étonnement. Oui, repris-je, que s'y est-il passé depuis quelques nuits ? Après m'avoir regardé d'un œil incertain : mais n'est-ce pas vous, Monsieur, que j'entens passer par la garde-robe, & qui ne vous retirez que vers le jour ? Non, répondis-je, d'un ton qui trahissoit ma fureur. Je l'ai cru jusqu'à présent, reprit-elle ; mais en exigeant de moi la vérité, vous me faites ouvrir les yeux sur ce que j'ai toujours craint de vérifier moi-même. Et sans attendre de nouvelles instances, elle me parla de plusieurs familiarités qu'elle avoit remarquées depuis longtems entre sa maitresse & messieurs les officiers. Je l'interrompis, pour me soulager : c'est assez, lui-dis-je. Je vous propose la mort ou des récompenses : si vous m'aidez cette nuit à reconnaître l'amant de ma femme, je ne mets pas de bornes à mes bienfaits. Si vous manquez de discrétion, je vous tue de ma propre main. Elle me promit une obéissance à toute épreuve.

La nuit arriva. Je me rendis, par divers détours, à la garde-robe de ma femme ; & j'y étois attendu par ma confidente. J'étois armé d'un poignard, dans la résolution de ne pas revenir sans l'avoir ensanglanté : j'entendis du bruit. Est-ce lui, dis-je à la femme-de-chambre ? Elle me pria de me contraindre un moment, tandis qu'elle jetteroit les yeux dans la chambre de madame. C'est lui, me dit elle à son retour : il étoit entré par ici ; mais peut-être a-t-il conçu quelque défiance : il vient de sortir par la porte de l'appartement. J'étois furieux. — Mais n'avez-vous pas pris soin de l'observer au passage ? Qui est-il ? Je lui vis de l'embarras que je n attribuai qu'à de vains égards pour sa maitresse. Qui est-il, repris-je d'un ton plus terrible ? Elle m'assura timidement, que c'étoit le major. Il périra, ne pus je me défendre d'ajoûter entre mes levres ; & courant vers la route qu'il avoit prise, j'entendis effectivement quelqu'un qui traversoit l'anti-chambre, & qui sortit par la cour, à la faveur des ténèbres.

Ma délibération, pendant quelques instans, fut entre l'idée de retourner à l'appartement de ma femme, & de la poignarder dans son lit, ou d'attendre une plus heureuse occasion, pour surprendre les coupables, & les immoler tous deux à la fois. Mais comme il ne me restoit aucune ombre d'incertitude, je me déterminai pour un troisieme parti, qui me sembloit entraîner moins de lenteur, & qui d'un autre côté, s'accordoit mieux avec mes idées d'honneur. Je résolus, dès le jour suivant, de faire tirer l'épée au major. La justice de ma cause me répondoit du succès, autant que mon courage & mon expérience dans les armes; & je remettois à tirer une autre vengeance de ma femme.

Le lendemain, à peine le jour vint m'éclairer, que m'étant rendu chez mon ennemi, je l'engageai à faire un tour de promenade avec moi; & sans la moindre explication, je lui déclarai qu'il falloit se battre; il parut surpris; mais la fermeté ne lui manqua point. Après l'affaire, me dit-il fiérement, vous m'apprendrez ce qui vous offense; & se défendant de bonne grace, il me fit une profonde blessure au côté. Elle ne m'affaiblit point; & je lui portai, dans la poitrine, un coup qui le fit tomber sans vie. Ciel! que vos conseils sont impénétrables, & vos jugemens terribles!

Le soin que j'eus aussi-tôt de faire enlever le corps, & la faveur des autres officiers à qui je confiai ma querelle, mais j'en déguisai la cause, aidèrent à faire passer cette mort pour l'effet d'une maladie subite. Les soupçons publics, s'il y en eut quelques-uns, furent ensevelis avec le malheureux objet de ma haine. Mais il m'étoit impossible de cacher ma blessure dans l'intérieur de ma maison. L'empressement de ma femme fut ardent autour de moi. Sa douleur parut extrême: elle ne me perdoit pas un moment de vue. Autant de noirceurs dans mon imagination ulcérée; autant d'insultes pour mon honneur, & d'attentats contre mon repos. Je reçus ses soins comme de nouvelles perfidies; je n'attribuai ses larmes qu'à la douleur de sa perte; & cette cruelle idée qui m'aigrissoit le sang, retarda longtems ma guérison. Le quartier des troupes fut changé dans l'intervalle. Enfin je me rétablis assez pour exécuter mes projets de vengeance, & toutes mes suppositions ne pouvoient les avoir affaiblis.

Cependant, je me dois ce témoignage, qu'il s'éleva plus d'un combat dans mon cœur. La voix de l'humanité se fit entendre, & plaida fortement contre l'honneur outragé. Mon aventure étoit ignorée; ma honte secrette. J'avois eu la force d'étouffer jusqu'à mes plaintes: je me demandai pourquoi je n'aurois pas celle d'oublier l'injure même? M'avilissoit-elle plus à mes propres yeux, que celle du paysan dont j'avois sacrifié le ressentiment à l'autorité de mes amis? D'ailleurs n'étoit elle pas plus qu'à demi-vengée, par le sang du plus odieux des deux coupables? Et ce qui manquoit à ma satisfaction, la mort d'une femme, étoit-il donc si flatteur pour un homme de courage? Je pouvois abandonner la mienne à sa propre honte, à ses éternels remords, & la croire assez punie par un silence froid & méprisant, dont elle n'auroit pas plus de peine à deviner la cause, que celle de ma blessure, & de la mort subite de son amant.

Le tems auroit pu fortifier ces réflexions, & les rendre plus puissantes; mais un autre abîme s'ouvrit sous mes pieds. Ma femme se trouva grosse de plusieurs mois. Elle avoit attendu ma guérison, pour m'en avertir: ce fut son excuse; & l'agitation continuelle où j'avois été pendant le cours des remèdes, joint au silence que j'avois gardé sur mon accident, lui donnoit assez de vraisemblance: cependant je n'y vis qu'une horrible confirmation de sa perfidie. Ma blessure, qu'on avoit d'abord jugée fort dangereuse, lui avoit fait espérer ma mort, qui l'auroit mise à couvert, elle, & le fruit de son désorde. Elle me voyoit guéri: l'aveu devenoit forcé. Toujours l'imposture à côté du crime. Je me souvenois aussi que, pendant l'hyver, j'avois eu peu de familiarité avec elle; & je croyois trouver des rapports de tems, entre son état, & les avis que j'avois reçus. Jugez quelle révolution dans un cœur qui commençoit à mollir! sa mort fut jurée. Avec l'infamie dont j'étois couvert, je ne pouvois soutenir l'idée de voir entrer dans ma famille un enfant qui ne m'appartenoit pas, qui prendroit mon nom, qui partageroit la succession de mes fils. Nommez cette furieuse résolution, oubli du ciel, égarement de raison, transport de fureur; je ne désavoue rien. Ce n'est pas de l'innocence que je vous ai promis.

Mon emportement diminua si peu, qu'ayant employé le reste du jour, & le lendemain à me procurer un puissant soporatif, je le lui fis avaler, le troisieme jour, dans ses alimens. Elle n'y résista point. On la trouva morte, le jour d'après, dans son lit. A la vérité, il me vint à l'esprit de la faire ouvrir, sous prétexte de reconnaître la cause d'une mort si prompte; mais au fond, pour faire donner le sceau du christianisme au malheureux fruit qu'elle portoit dans son sein, & qui ne pouvoit longtems lui survivre. Il étoit trop tard. La mere & le fils furent enterrés avec une pompe qui satisfit mon orgueil, en achevant de rassasier ma vengeance.

Si je suis capable, monsieur, de vous faire ce récit d'une voix ferme, & de m'en retracer toutes les circonstances, sans pousser les plus douloureux gémissemens, ne l'attribuez qu'à la même faveur du ciel, qui m'a conduit dans cette retraite, pour les expier par une pénitence, dont vous conviendrez bientôt que je ne puis redoubler trop les rigueurs. Alors même je ne fus pas exempt du trouble & de la terreur qui marchent toujours à la suite des grands crimes. Insensiblement je tombai dans une mélancolie qui me donna du dégoût pour mes plus chères occupations. Je renonçai par degrés, à la chasse, à l'agriculture, au commerce de mes amis & de mes voisins. Je ne pouvois être seul, ni souffrir la compagnie. La vue des hommes m'étoit à charge, & la solitude m'épouvantoit. La lecture, ce remède si vanté pour les maux de l'ame, ne suspendoit pas les miens: elle n'avoit plus la force de m'attacher. Après des jours d'un mortel ennui & d'une langueur insupportable, j'attendois l'assoupissement du soir, comme la dernière ressource des malheureux; mais si le sommeil s'arrêtoit quelquefois dans mes yeux, c'étoit pour m'offrir d'affreux phantômes & d'autres objets d'effroi, qui rendoient la nuit aussi redoutable pour moi que le jour.

Je rappellai de la capitale l'aîné de mes fils, qui venoit d'y achever le cours de ses exercices. Il méritoit mon affection. Sa présence calma quelque tems mes esprits. Ensuite les soins que je donnai à perfectionner son éducation, me firent un peu sortir de la langueur & de l'oubli de moi-même, où j'étois depuis deux mois. J'espérai du tems & du remède que j'éprouvois, cette paix du cœur qui s'étoit refusée à tous mes efforts.

Dans cette nouvelle situation, on me remet une lettre. Je l'ouvre. Jugez des infernales vapeurs qui me saisissent, par la force immédiate de leurs effets: à peine l'ai-je parcourue des yeux, qu'un froid mortel me gagne le cœur. Ma vue se trouble; la terre se dérobe sous moi. Je meurs! m'écriai-je douloureusement; & sans prononcer un mot de plus, je tombe entre les bras de mon fils, qui s'efforçoit inutilement de me soutenir. Il m'auroit cru mort, en effet, si la furieuse agitation, plutôt que l'épuisement de mes esprits, ne m'eût causé des mouvemens convulsifs, qui rendoient témoignage de ma vie. La connaissance me fut rappellée par de prompt secours. Je m'assis : je revins entierement à moi ; mais avec un reste de convulsions, dont les douleurs étoient fort aigües : elles ne m'empêchèrent pas de faire une attention plus pressante que tous mes tourmens. La funeste lettre étoit à terre. Mon fils & mes domestiques ne soupçonnoient pas qu'elle eût la moindre part à mon accident ; & je reconnus que le paysan même qui me l'avoit apportée, n'étoit pas mieux instruit. Cependant j'ordonnai d'abord à tous mes gens de se retirer ; & recommandant, en deux mots, à ceux que je connaissois les plus fidéles, de veiller sur le porteur ; je lui dis, sans affectation, de sortir avec eux, & d'attendre ma réponse.

Mon fils demeura seul avec moi. Cette préparation & ma contenance moins faible que pâle, sombre & consternée, lui causoient une surprise qui le rendoit immobile. Je lui fis signe de prendre la lettre. Approchez, lui dis-je, & lisez vous-même. Pendant sa lecture, j'eus les yeux fermés ; j'eus la tête penchée sur mon sein, & les mains collées sur mon visage, pour arrêter les cris, ou cacher les larmes qui pouvoient m'échapper malgré moi.

Ce fatal écrit, dont il est impossible que vous deviniez l'auteur, & que vous vous figuriez jamais toute la noire malignité, étoit du vassal que j'avois forcé de quitter mes terres ; & que m'offroit-il ? d'épouvantables éclaircissemens sur l'histoire de ma femme, & sur mon malheur. On s'applaudissot d'abord d'une complette vengeance, qu'on appelloit un triomphe ; ensuite j'étois traité d'imbécille & de misérable dupe, qui donnoit tout d'un coup dans le piége, & qu'on n'avoit pas assez de plaisir à tromper. Ma femme & les officiers ne m'avoient pas offensé. Tous les billets d'avis étoient faux : j'en devois reconnaître le caractère dans la lettre que j'avois devant les yeux. Ils étoient venus de la même main qui m'avoit appris à vivre dans une autre occasion, mais moins qu'elle n'auroit dû ; puisqu'après en avoir obtenu la vie, j'avois eu l'indignité de chasser honteusement celui de qui je l'avois reçue. C'étoit la femme-de-chambre, qui de concert avec lui, m'avoit glissé les billets, & s'étoit fait un jeu comme lui, de me rendre malheureux & méprisable, pour se venger de l'obstacle que j'avois mis à son établissement. C'étoit lui, qui venant passer souvent la nuit avec elle, s'étoit caché fort adroitement dans la chambre de ma femme, en étoit sorti de même, & que j'avois pris pour le major. Graces à mes folles visions, tout leur avoit réussi. Ils étoient vengés tous deux. Ils m'en informoient dans le ravissement de leur cœur. Ils alloient jouir de leur satisfaction, & rire de mes fureurs dans des lieux où ils me défioient de les découvrir. A la vérité ils regrettoient la malheureuse fin du major & de ma femme dont ils n'avoient à faire aucune plainte; & je devois bien juger que s'ils avoient eu sur ce double meurtre, des preuves aussi claires qu'elles leur sembloient certaines, ils m'en auroient fait porter la peine sur un échafaud. Mais leur chagrin d'un côté, tournoit de l'autre à leur joie: ils me laissoient la honte de ma sotise, & le remords de mes crimes.

Le premier rayon de cette affreuse clarté avoit failli de m'ôter la vie. Chaque mot d'une telle complication d'horreurs répété dans une lecture lente & distincte, me fit éprouver comme autant de nouvelles morts. Mais je me roidis contre leur cruelle atteinte, avec toute la force que j'avois tâché de recueillir. Mon fils, quoique plein de sa lecture, & soupçonnant sans doute une partie de la vérité, ne pouvoit aller plus loin que le sens des termes, ni percer jusqu'au fond de l'abîme qui se découvroit pour moi. J'avois de fortes raisons pour ne lui laisser rien ignorer. Il étoit fort vraisemblable que mes ennemis avoient publié de mes tristes aventures, tout ce qu'ils avoient cru pouvoir divulguer, sans se perdre eux-mêmes, & qu'ils y avoient ajoûté les couleurs de la calomnie à laquelle ils étoient si bien exercés. Dans ma consternation même, je ne voulois pas que d'infidèles rapports me fissent jamais plus coupable aux yeux de mon fils, que je ne l'étois, ou qu'en apprenant les malheurs de sa famille, il eût à compter, parmi les désastres ou les crimes de son pere, des lâchetés & des barbaries volontaires.

Écoutez, lui dis je, sans lui laisser le tems de se reconnaître : Si vous avez quelque tendresse pour un père qui vous aime, prêtez-moi toute votre attention. Cette injurieuse lettre a dû non-seulement vous causer beaucoup de surprise & d'indignation, mais vous laisser d'étranges idées sur ce qui s'est passé entre votre mère & moi. Je veux que vous n'ignoriez rien; votre âge vous rend capable de tout entendre.

Apprens, mon cher fils, que dans ton absence, les plus noires vapeurs de l'enfer sont tombées sur la source de ton sang. Plaise au ciel que leur malheureuse infection n'aille jamais jusqu'à toi! là-dessus je commençai le même récit que je vous ai fait; & je le conduisis jusqu'à la mort de sa mère. Dans l'aventure du paysan, je n'exagérai point l'outrage. Dans celle des officiers, je ne grossis point la cause de mes noirs transports. Mon discours fut dicté par l'honneur. Je ne donnai rien à ma justification, rien à ma douleur: je ne supprimai, je n'excusai, je n'aggravai rien; en finissant: telles sont mon fils, les horribles vérités que je veux déposer dans ton sein; des cruels m'apprennent les plus funestes; tu les sçais, tu viens de les lire; je ne répons pas de survivre à cet affreux dénouement. Mais je veux être justifié dans ton cœur, comme je l'ai toujours été dans le mien.

Ce cher fils qui n'avoit pas plus de dix-huit ans, mais qui joignoit un sang mûr à beaucoup d'esprit & de qualités aimables, m'avoit écouté sans ouvrir la bouche, & sans lever une fois les yeux. Il étoit debout, & la tête nue, devant moi; son silence & sa posture continuèrent, après m'avoir entendu, comme si l'étonnement & la douleur eussent lié sa langue & ses jambes. Mais je voyois couler sur ses joues, une abondance de larmes; elles excitèrent les miennes, que la violence de mes sentimens avoit séchées dans leur source. Je baissai ma tête sur son cou, pour en verser avec lui; & pendant quelques momens, nous nous y abandonnâmes ensemble, dans cette tendre & triste attitude.

J'avois néanmoins quelque impatience de faire parler le paysan, & je le fis appeller; mais ses informations ne m'apportèrent pas beaucoup de lumières. Il me dit qu'étant chargé de la lettre depuis trois jours, une affaire qui lui étoit survenue dans mon voisinage, lui donnoit l'occasion de me la remettre plutôt qu'il n'en avoit l'ordre; que celui dont il l'avoit reçue, quittant le pays, lui avoit fait seulement promettre qu'elle me seroit rendue huit jours après son départ; qu'il ne me demandoit pas de port, parce qu'il avoit été payé d'avance, ni de réponse, puisqu'il ne sçavoit où l'adresser. L'ingénuité de cette explication m'ôta l'espérance d'en obtenir d'autres. Eh quel fruit en pouvois-je desirer, après la fuite de mon ennemi ? D'ailleurs, en me supposant le pouvoir de l'arrêter, & de le faire périr par le plus honteux supplice, n'étoit-ce pas réveler tous mes malheurs, & les donner en spectacle au monde entier ? L'honneur de mes fils, mon propre intérêt, quoique le moins consulté, me condamnoient au silence. J'évitai même d'interroger trop curieusement le porteur, & je le congédiai.

Mon fils me quitta presqu'aussi-tôt. Je jugeai qu'après de si rudes émotions, il avoit besoin de quelque soulagement, ou de prendre l'air. Je demeurai dans la même idée, une demi-heure après, lorsqu'ayant démandé pourquoi je ne le revoyois pas, on me dit qu'il avoit fait seller ses chevaux, & qu'il étoit sorti avec son laquais. La nuit arriva : il ne parut point. Je m'imaginai que dans l'amertume de son cœur, il étoit allé chercher de la dissipation chez quelqu'un de nos voisins.

Le jour suivant se passa de même. Du matin au soir je ne revis pas mon fils, & je fus réduit à le croire encore dans quelque partie d'amusement, que les instances de ses amis avoient prolongée. Je murmurai seulement de lui voir si peu d'attention pour moi : dans l'état où tout devoit lui rappeller qu'il m'avoit laissé, pouvoit-il douter que sa présence & ses consolations ne me fussent nécessaires ? & ses propres sentimens lui permettoient-ils de se livrer sitôt au au plaisir ? Le troisieme jour me causa des inquiétudes beau-beaucoup plus vives ; ensuite elles devinrent cruelles. Après l'avoir fait chercher inutilement, je m'abandonnai à toutes les craintes qui pouvoient m'alarmer pour une tête si chère. Mon fils ne reparaissoit pas ! qu'étoit devenu mon fils ? quel nouveau désastre menaçoit son malheureux père ? Cette seule idée me glaçoit le sang ; & parmi tous les malheurs possibles, je cherchois celui que mon mauvais sort me réservoit. Il ne se présenta pas dans le nombre. Hélas ! pouvoit-il s'y présenter ? Au contraire, j'éloignois de ces funestes images ce qui me sembloit indigne de mon sang, & de la noble destinée de mon fils. Je ne pesois pas même sur celles que j'envisageois volontairement, & qui me faisoient trop frémir. Dans mes plus favorables réflexions, je revenois à considérer que ne m'ayant pas averti de son départ, il ne pouvoit être que dans quelque lieu voisin, ou les recherches ne s'étoient pas adrefſées ; & je me flattois, juſqu'à regarder mes inquiétudes comme une faveur du ciel qui faiſoit cette diverſion dans mon cœur, à des douleurs plus certaines. Cependant s'il étoit arrivé quelqu'accident ſiniſtre à mon fils ! ſi quelque perfide... l'ayant ſurpris avec avantage... le même peut-être ... car c'étoit au fond la plus mortelle de mes frayeurs! Je ne voyois plus d'autre reſſource pour moi que la mort, en perdant l'unique bien qui m'attachoit encore à la vie.

Quinze jours entiers de ce tourment firent arriver l'heure infortunée où je reçus par la poſte deux lettres d'une ville frontière de Flandres. Mon avide empreſſement pour tout ce qui pouvoit me faire eſpérer quelque lumière, me les fit ouvrir toutes deux à la fois, & jetter les yeux ſur les ſeings ; je ne connaiſſois aucun des deux noms ; & quoique j'euſſe fait la guerre en Flandres, je ne me rappellai pas d'y avoir laiſſé la moindre habitude. J'en fus plus ardent à lire.

La première des deux lettres qui me fut préſentée par le hazard, étoit la plus courte. Elle portoit en termes aſſez civils, que ſans me connaître perſonnellement, on croyoit devoir à ma naiſſance un prompt éclairciſſement ſur la ſituation de mon fils. Il exiſte donc ! interrompis-je ; mille graces à la bonté du ciel ! — Qu'il étoit entre les mains de la Juſtice, à la veille de recevoir une ſentence capitale pour deux meurtres qu'il ne déſavouoit pas. — O Dieu ! m'écriai-je ici, avec le plus amer ſentiment qui ſe ſoit jamais élevé dans le cœur d'un père, mon malheur paſſe donc toutes mes craintes ! — Que d'abord il avoit refuſé, avec obſtination, de déclarer ſon nom & le lieu de ſa naiſſance ; mais que pluſieurs lettres trouvées dans ſes poches, avoient fait connaître l'un & l'autre, & que l'inſtruction du procès étant fort avancée, il n'y avoit pas un moment à perdre, ſi je voyois quelque jour à pouvoir le ſauver du ſupplice. — O Dieu ! Dieu ! répétois-je à chaque mot. — C'étoit toute la ſubſtance de ce cruel, quoique généreux avis ; & celui de qui je le recevois, joignoit à ſon nom le titre de premier préſident.

La ſeconde lettre ne pouvant rien contenir de plus terrible, je la lus avec une attention moins interrompue ; elle étoit du commandant militaire de la même ville. Il ſe ſouvenoit, m'écrivoit-il, de m'avoir vû à l'armée, dans nos anciennes campagnes, & mon infortune le touchoit ſenſiblement. Quoiqu'il ſçut que M. le premier préſident m'en donnoit avis par la même poste, il y vouloit joindre les informations qu'il avoit tirées de mon fils même, dans l'horreur de sa prison, où l'ardeur de me servir lui avoit fait demander la liberté de le voir, aussi-tôt qu'il l'avoit sçu né de moi. Ce cher & malheureux fils, dont il admiroit l'esprit, ajoutoit-il, la politesse & les graces, autant qu'il plaignoit son sort, ne l'avoit instruit que généralement, des mortels outrages que j'avois reçus d'un paysan de mes terres, & de l'insolence avec laquelle ce misérable avoit mis le comble à ses insultes, en se disposant à passer dans les pays étrangers; mais ne dissimulant point qu'il n'avoit pu supporter tant de noirceur & d'audace, il lui avoit raconté qu'il étoit parti, sans m'en avertir, aussi plein de ses propres ressentimens que de sa compassion pour mes peines, & que, pendant quatre jours qu'il avoit employés à découvrir les traces de mon ennemi, il ne s'étoit pas accordé le moindre repos, dans les plus pressans besoins de la nature. Ensuite il avoit marché sur ses pas, avec la dernière diligence; résolu, s'il ne pouvoit le joindre dans le royaume, de le suivre jusqu'au bout de l'univers. Mais, vers la frontière, il s'étoit trouvé si près de lui, que dans la crainte de le manquer hors de France, où les coupables de cette espèce, dont le crime est difficile à prouver, peuvent acheter de la protection, il avoit pris la résolution de l'arrêter. Son premier dessein n'étoit pas de lui ôter la vie. Il sçavoit, par les informations qu'il s'étoit procurées dans sa marche, qu'il étoit à cheval, bien monté, avec une femme en croupe derrière lui, & dans un équipage si simple, qu'en suivant le grand chemin, il pouvoit passer pour un paysan de tous les cantons qu'il traversoit. Sur cette description, il s'étoit flaté, non-seulement de le joindre, & de l'arrêter sans peine, avec le secours de son laquais, qui n'étoit pas moins resolu que lui, mais de le ramener à ma terre, en le faisant marcher la nuit, & demeurer le jour dans un bois, & le conduisant à la vue continuelle du pistolet. Il vouloit me rendre maître de ma vengeance, & m'abandonner la disposition du bourreau de sa mère & du mien; projets d'un fils passionné pour son père, mais trop inconsidérés, sans doute, & dont le dernier m'auroit mis moi-même à de furieuses épreuves!

Ils ne furent pas avoués du ciel. Mon fils arrêta l'ennemi qu'il cherchoit. Il reconnut aisément la femme de chambre de sa mère; & cette vue acheva de le mettre hors de lui.

Cependant, comme le scélérat qui la conduisoit, & qui l'avoit épousée depuis la mort de ma femme, n'entreprit pas tout d'un coup de résister, leur vie ne sembloit pas menacée. Ces deux viles créatures, remettant aussi le fils de leurs anciens maîtres, avoient cru voir les furies à leur suite, & demandèrent grace d'abord, avec les plus lâches supplications. Mais lorsqu'ils entendirent l'ordre qu'il donnoit à son laquais, de les lier l'un à l'autre, pour les conduire, suivant son projet, vers le bois le plus voisin; la femme, qui jugea sa mort certaine, se mit à pousser des cris aigus; & l'homme sautant à terre, se détermina brutalement à se défendre. Il voulut prendre ses pistolets, qu'il n'avoit pas pris en descendant; & mon fils, qui voyoit déja quantité de laboureurs en mouvement pour accourir au chemin, craignant que sa proie ne lui fût enlevée, ou qu'un désespéré, que la vue des armes n'arrêtoit pas, ne fit un usage trop heureux des siennes, n'écouta dans ce moment, que la vengeance. Il cassa la tête au scélérat, d'un de ses deux pistolets; & de l'autre, il fit le même traitement à sa femme.

La fuite, ajoutoit le Commandant, ne lui devoit pas être difficile; mais après s'être éloigné des laboureurs au galop, il s'étoit trop reposé sur la noblesse de ses sentimens, ou sur la justice de sa cause. Il avoit continué plus lentement son chemin; & commençant à sentir la fatigue d'une longue course, & d'une veille de plusieurs nuits, il n'avoit pas fait difficulté de s'arrêter dans un bourg, à trois lieues de la scène. Il ne se défioit pas qu'un des laboureurs étoit monté sur le cheval des deux morts, l'avoit suivi constamment, & jugeant de lui par les apparences, l'avoit dénoncé comme un assassin, un voleur public, que la présence de plusieurs témoins avoit empêché de recueillir le fruit de son crime.

On s'étoit saisi de lui & de son laquais, pendant leur sommeil. On les avoit transportés à la ville, dès le jour suivant. Le refus que mon fils avoit fait, & son laquais, par son ordre, de déclarer son pays, son nom & ses vues, n'auroit pu servir qu'à faire précipiter sa condamnation, à titre de voleur & de meurtrier. En apprenant sa naissance, on étoit un peu revenu du premier emportement; & quelque avéré que fût le meurtre par la confession même du coupable, on ne pouvoit se persuader que le vol dont il rejettoit l'imputation avec dedain, eût été l'objet d'un jeune gentilhomme, à qui l'esprit & les sentimens ne paraissoient pas manquer.

C'étoit

C'étoit un mystère pour le public ; & l'obscurité croissoit par la qualité des morts qui paraissoient des gens du commun, & sans un papier qui les fit connaître, quoiqu'on eut trouvé dans leur bagage une grosse somme d'argent. Cependant les procédures étoient avancées ; & vraisemblablement elles finiroient par les affreuses méthodes qui sont en usage, dans les cours de justice, pour arracher la vérité aux coupables.

Cette partie de la lettre m'auroit fait perdre absolument la raison, si le dernier article n'eût été plus consolant. Malgré la sévérité du tribunal, le généreux Commandant me promettoit qu'elle ne seroit pas poussée plus loin, avant qu'il eût reçu ma réponse ; c'est-à-dire, avant que je l'eusse informé de ce que je pouvois espérer de la faveur de la cour, & des services de mes amis. Il avoit obtenu ce délai de la plus grande partie des Juges, en leur découvrant les confidences de mon fils. C'étoit à sa sollicitation, que le premier président m'avoit écrit. Mais dans une affaire de cette nature, où l'éclat, autant que la gravité du crime, rendoit le public attentif à leur conduite, je devois sentir le prix de la diligence, & ne pas commettre d'honnêtes gens qu'il avoit disposés à favoriser mes soins.

Me presser, moi ! me recommander la diligence pour sauver mon fils! Ah ! j'aurois voulu pouvoir traverser les airs. Sans délibérer sur mes mesures, sans me permettre la moindre réflexion sur mes affaires & sur ma santé, je me jettai dans ma chaise avec mes propres chevaux pour en aller prendre à la premiere poste, qu'il m'auroit trop coûté d'attendre chez moi. Je partis pour Douay où, jusqu'au dernier moment, j'étois résolu de rendre les soins paternels à mon fils. Le désespoir & la mort furent mon cortège dans cette route.

A mon arrivée, je vis ce généreux Commandant, dont le zéle s'étoit soutenu avec une fidélité qui ne se trouve que dans l'état militaire. Il m'avoua tristement qu'il ne falloit plus rien attendre de ses services, & que, par des voyes secrettes, il sçavoit qu'après un reste de formalités qui prendroient au plus trois jours, la sentenee & l'exécution se suivroient de prés. Je vis les principaux Juges, dont l'air taciturne & les sombres politesses ne furent pas un langage plus obscur. Je me réduisis à demander la liberté de voir mon fils, pour fortifier son courage contre l'horreur du supplice; & cette triste faveur me fut accordée.

Quoique je lui connusse une fermeté supérieure à son âge, je m'attendois à le trouver pâle, consterné, inquiet, sur-tout pour la catastrophe qu'il avoit à redouter; car il n'avoit pu se faire illusion sur son infortune; & un parent à qui je n'avois rien dissimulé dans mes lettres de Paris, n'avoit jamais eu que de cruelles incertitudes à lui communiquer. D'ailleurs, s'il s'étoit flaté du succès de mes sollicitations, il ne pouvoit ignorer que cette voie d'espérance étoit fermée; le public même ne l'ignoroit pas. Ces fatales informations qui ne tardent guères à se répandre, n'avoient pu manquer de pénétrer jusqu'à lui; & le seul délai de ma visite, depuis quelques heures qu'il sçavoit mon arrivée, ne lui annonçoit que de funestes explications. En un mot, je le croyois dans l'accablement de son sort; & mon embarras, en entrant dans sa prison, étoit de contraindre ma douleur, pour ne rien ajouter à la sienne. Cependant je vis sur son visage non-seulement sa santé ordinaire, mais toutes les marques d'une profonde tranquillité. Je l'embrassai, les larmes aux yeux, avec une peine extrême à retenir mes sanglots; & je le tins longtemps dans mes bras, autant pour soulager l'oppression de mon cœur, que pour satisfaire ma tendresse. Il me rendit affectueusement mes caresses; mais l'œil sec, la voix libre, & le front serein.

Je ne pus comprendre cette insensibilité pour un malheur si présent. Il n'étoit plus temps de le flater par de vaines consolations. Je m'assis. Je le fis asseoir. Ah! mon fils, lui dis-je, en laissant un libre cours à mes larmes, d'où vous vient la tranquillité que je vous vois affecter? Seriez-vous encore dans la fausse espérance d'une pitié que je n'ai trouvée dans aucun de vos Juges?

Il me répondit paisiblement qu'il n'ignoroit rien; que la mort l'effrayoit peu, & que ses adieux étoient faits à la vie; que si, quelque jour, comme il se le promettoit de ma tendresse, je prenois soin de publier ses intentions, il croyoit sa mémoire à couvert dans l'opinion des honnêtes gens; que la vengeance d'une mere & d'un pere, sur de monstrueux coupables qui se déroboient au châtiment, étoit un devoir forcé, un cas où non-seulement un fils, mais tout citoyen étoit redevable à la justice; que si ses juges en décidoient autrement, ces principes qu'il trouvoit dans son cœur, ne suffisoient pas moins pour le consoler.

Mais vous périssez ! m'écriai-je douloureusement ; l'échaffaud se dresse : votre sentence ne peut être différée trois jours. Pendant votre éloignement, répliqua-t-il avec la même sérénité, je vous avoue qu'elle a fait ma crainte. Aujourd'hui je suis tranquille. Et me regardant d'un air attendri : Vous connaissez des secours que vous ne me refuserez pas & je vois que le besoin est pressant. Des secours ! interrompis-je : moi ! j'en connais qui puissent !...

Un profond soupir, le seul qu'il ne put arrêter, se fit un passage malgré lui. Dans toute autre circonstance, reprit-il, je ne me serois jamais permis de vous rappeller des souvenir affligeans pour vous. Mais pardonnez à ma situation ... à la loi de notre honneur commun. Qu'ai-je à redouter avec le secours qu'une malheureuse erreur vous a fait employer pour ma mère ?

Il se tut pour attendre ma réponse. J'atteste le ciel que je n'avois rien compris à sa première ouverture ; mais l'affreuse idée que cette explication m'offrit tout d'un coup, fut accompagnée d'un sentiment que tous mes malheurs successifs ne m'avoient pas encore fait encore éprouver. Anciens & présens, ils se réunirent tous pour me déchirer le cœur. Une impression de cette violence étoit nécessaire pour soutenir mes forces. O mon fils ! lui dis-je, d'une voix basse, en tremblant d'horreur & de pitié, à qui le demandez-vous ce fatal secours ? & pouvez-vous l'attendre de la main d'un père ? Oui, répondit-il, d'un ton ferme ; c'est la seule à qui je puisse me fier de votre honneur & du mien. L'échaffaud, la sentence même, votre diligence peut tout prévenir.

Je demeurai sans réponse. Mes réflexions, si ce nom convient aux douloureux mouvemens qui continuoient de me déchirer, étoient moins contraires à cette terrible proposition, que les mortelles répugnances de ma tendresse. Dans les préjugés d'honneur qui me tyrannisoient comme lui, tout ce qui pouvoit nous sauver l'ignominie du supplice, & celle même de la sentence, me paraissoit préférable à quelques heures de vie, passées dans les horreurs d'une si cruelle attente. Je sentois aussi tout le danger du délai, car j'étois arrivé la nuit précédente, j'avois passé le matin à solliciter les juges ; & n'ayant pu me faire ouvrir la prison que l'après-midi, les trois jours que le commandant m'avoit fait espérer, étoient déjà raccourcis. Qui me répondoit du reste, dont je n'avois eu l'obligation qu'au hazard? Le moindre incident pouvoit avancer la santence & l'exécution. Mais prêter mes mains à la mort d'un fils! préparer moi-même & lui présenter le breuvage empoisonné! craindre de ne pas me hâter assez pour l'horrible office! mon cœur, mon imagination se soulevoient; toutes mes entrailles étoient émues.

Ce combat ne pouvoit être terminé que par un expédient plus tragique encore; celui qui me tomba dans l'esprit de préparer du poison pour deux, & d'en avaler ma part, de la même main dont j'aurois présenté la sienne à mon fils; cette idée, dont je m'applaudis beaucoup, calma sur le champ mes agitations. Je sentis plus que jamais l'importance du temps; & ne doutant pas que le reste du jour ne suffit pour mon dessein, je me levai brusquement; j'embrassai mon fils avec une fermeté qui se ressentoit déjà de ma résolution: vous serez content, lui dis-je; mais vous ne mourrez pas seul. *Je suis à vous dans une heure.*

Il ne me falloit pas plus de temps pour la composition du breuvage; & dans une grande ville il me fut aisé de me procurer les mortels ingrédiens par le ministère d'un valet fidèle. Je retournai aussi-tôt à la prison, quelques papiers à la main, pour éloigner les défiances par des prétextes d'affaires domestiques. Un retardement de quelques minutes causoit déjà de l'impatience & peut-être de l'inquiétude à mon fils. Mais lorsqu'il me vit paraître avec la liqueur, & tenir le vase qui la contenoit, la joie se peignit sur son visage. Voyons la couleur, me dit-il, en tendant la main avec un regard avide. Les apparences, répondis-je, d'un ton grave, qui lui reprochoit une curiosité superflue, ne changent rien à l'effet; & sans le moindre soupcon, je lâchai le vase pour un moment. Mais au lieu d'observer la liqueur, il l'avala d'un seul trait.

Concevez, s'il est possible, tout l'excès de ma surprise & de ma confusion. J'en devins comme immobile. Mon fils sourioit d'un trouble & d'une contestation dont il pénétroit la cause Il avoit compris mes vues par quelques mots échappés. Je conçus qu'il s'applaudissoit de son adresse, & je ne pus me défendre d'une sorte de ressentiment. Qu'avez-vous gagné, lui dis-je, à retarder ma résolution de quelques momens? Croyez-vous emporter avec vous un ſecret dont je n'ai que trop appris la vertu par mes funeſtes épreuves? Alors il me confeſſa qu'ayant compris mon deſſein, il avoit voulu m'ôter d'abord l'occaſion de l'exécuter, dans l'eſpérance de me le faire perdre entiérement par de puiſſantes raiſons qu'il me conjuroit d'entendre. Il me força de m'aſſeoir pour l'écouter.

Son diſcours fut auſſi réfléchi, auſſi calme que ſi le mortel breuvage n'eût pas commencé à fermenter dans ſon ſein, & peut-être à circuler déjà dans ſes veines. Je ne doutai pas qu'il ne l'eût médité pendant mon abſence. Mais il remarqua bientôt qu'il en tiroit peu de fruit. Mes intérêts perſonnels qu'il jugeoit capable de me faire aimer la vie, celui même de ſon frère pour lequel il s'efforça de réveiller ma tendreſſe, ne firent pas la moindre impreſſion ſur mon cœur. Tout ſembloit gliſſer ſur une ſurface endurcie; & branlant la tête à chaque article, je ſouriois à mon tour de la faibleſſe de ſes argumens. La raiſon toute-puiſſante, irréſiſtible, étoit réſervée pour la dernière. Lorſqu'il me vit inſenſible à toutes les autres: ſi l'honneur, ajoûta-t-il, vous eſt aſſez cher pour vous avoir fait précipiter la dernière heure de ma mère, & pour vous faire avancer aujourd'hui la mienne, pouvez-vous fermer les yeux ſur les ſuites de votre réſolution? Deux morts qui s'entre-ſuivront de ſi près, paſſeront-elles jamais pour des événemens naturels? Et ſi la juſtice en prend connaiſſance avec un peu de rigueur, de quel opprobre notre mémoire n'eſt-elle pas menacée? Il s'arrêta un moment pour chercher ma penſée dans mes yeux.... Au lieu, reprit-il, qu'en me laiſſant mourir ſeul & me ſurvivant avec une douleur modérée, vous ne faites trouver dans ma mort qu'un accident ordinaire, & de toute part je vois notre honneur en ſûreté.

Ce triſte raiſonnement eut toute la force qu'il deſiroit. J'en fus ſi frappé, que ſans y faire la moindre objection, j'abandonnai mon deſſein, en remettant la diſpoſition de ma vie à d'autres temps. Mon ſilence néanmoins fut le ſeul conſentement qu'il put obtenir. Je me laiſſai tomber ſur ſon cou, que j'arroſai de mes larmes; & paſſant les bras autour de lui, je le tins étroitement embraſſé; pendant qu'il répétoit ſes raiſons, & qu'il me recommandoit le ſoin d'une vie que l'effort même que je me faiſois pour conſentir à cette prolongation, devoit être capable de m'arracher à

j'étois dans cette posture, lorsque le géolier vint m'avertir qu'il étoit temps de me retirer. Mes deux bras serrèrent mon cher fils ; & mon visage pressa le sien avec un redoublement de tendresse & de douleur, mais dans le même silence. Au moment que je sortois, la tête penchée & les yeux fermés, il me demanda s'il pouvoit compter sur ma promesse ? Oui, lui dis-je ; & ce mot fut le seul que j'eus la force de prononcer. Eh bien ! l'entendis-je répondre, j'attendrai tranquillement mon sort.

La forme de cet adieu, & nos dernières expressions qui n'échappèrent pas au géolier, servirent beaucoup, le jour suivant à détourner les soupçons d'une catastrophe méditée. Je me rendis le lendemain matin à la prison ; le géolier m'apprit lui-même qu'étant entré dans la chambre de mon fils à l'heure ordinaire, il l'avoit trouvé mort dans ses draps, & que les chirurgiens par lesquels il avoit été visité sur le champ, n'avoient découvert aucune marque de violence. Tout préparé que j'étois à la première de ces deux nouvelles, mes forces n'y résistèrent pas, & je tombai dans un profond évanouissement ; mais en revenant à moi, la seconde excita mon courage, & m'inspira la pensée de demander le corps, qu'un ordre du premier président me fit accorder. Cependant après m'avoir fait cette faveur, il ajoûta que c'étoit prendre beaucoup sur lui dans une affaire de cette importance, & que la même raison l'obligeant d'en rendre compte, il me conseilloit de retourner promptement à Paris, pour obtenir de la cour que le procès fût entierement abandonné. Ce discours me fit comprendre qu'il restoit de fâcheuses suites à redouter. Je confiai le corps de mon fils à notre parent, qui se chargea de le transporter au tombeau de nos ancêtres ; & traînant mon désespoir avec moi, je repris le chemin de la capitale.

Le ministre ne me fit pas acheter trop cher la grace que je venois demander. Il y joignit même des consolations flateuses pour l'honneur de ma maison ; mais il me fit entrevoir qu'il devinoit une partie de ma tragique aventure, & que la visite des experts ne lui en imposoit pas. Un silence auquel ma douleur eut plus de part que la considération de ma sûreté, ne dut pas le faire changer d'opinion. Il ajoûta d'une voix plus basse, en penchant la tête vers moi, qu'il plaindroit toujours un pere à ma place.

Mais hélas ! que me valut ce respect pour l'opinion des hommes, auquel j'avois fait tant d'horribles sacrifices? & quel fruit tirai-je de cette manie d'honneur par laquelle toute ma vie avoit été gouverné? Un fruit que je nommerois le plus grand des maux, s'il ne m'avoit conduit au premier de tous les biens ; un fruit si terrible, qu'avant la lumiere à laquelle il m'a fait parvenir, j'ai quelquefois mis en doute s'il n'étoit pas plus insupportable pour le cœur humain, que l'opprobre dont il m'avoit garanti. J'entens cette espèce de trouble ou de tourment infernal que le terme de remords exprime trop faiblement.

Je n'en connus pas tout d'un coup la nature, par ce que je le confondis d'abord avec la douleur, & qu'un sentiment si juste ne pouvoit me causer de surprise ni d'effroi. Mais lorsque le temps l'eut affaibli, je n'en demeurai que plus en proie à des agitations & des terreurs dont je ne pouvois soutenir la violence, ni me demander la cause à moi-même. Tout devint pour moi non-seulement ennuyeux & fatiguant, mais redoutable & terrible. Une ombre me faisoit frissonner; le moindre bruit pénétroit mes sens, & me consternoit l'ame. La solitude qui n'avoit fait que m'épouvanter après la mort de ma femme, étoit un supplice auquel je ne trouvois plus la force de résister. On veilloit autour de moi la nuit & le jour. Si je demeurois seul un moment, je ne remarquois pas plutôt ma situation que je pâlissois ; mon front se couvroit d'une sueur froide. J'étendois les bras en frémissant, & j'appellois du secours. Dans mes compagnies familières, je m'abandonnois à de longues & de sombres distractions, qui ne finissoient que par un tressaillement, & dont il ne me restoit rien dans la mémoire. La vue même & les soins de mon second fils le seul qui me restoit, n'adoucissoient pas mes noirs & douloureux sentimens. Quelquefois il m'échappoit des cris qu'il m'étoit impossible de retenir ; quelquefois des larmes, mais amères & cuisantes, qui laissoient leur traces sur mes joues, & qui ne servoient pas à me soulager.

Vous serez surpris que j'aie méconnu longtemps la cause du mal, ou plutôt que fermant l'oreille à cette voix du ciel qui m'en instruisoit avec tant d'énergie, j'aie pu m'obstiner dans une erreur que je nomme aujourd'hui volontaire. Mais vous avez dû juger par tout ce que vous venez d'entendre, que je n'avois jamais eu des principes de religion bien approfondis. Mon éducation avoit été celle de ma naissance. J'étois passé de bonne heure au métier des armes. Les plaisirs de l'abondance avoient succédé. Ma religion étoit l'honneur, & je la poussois à l'idolâtrie. Dans cette aveugle disposition, non-seulement je croyois toutes les actions de ma vie bien justifiées; mais les jugeant indispensables, j'aurois regardé le doute ou le repentir comme une faiblesse. Loin de reconnaître que la main du ciel s'appesantissoit sur moi, je me roidissois contre ses avis & ses châtimens. Je cherchois sa justice dans l'excès de sa rigueur. J'allois jusqu'à réclamer mon innocence. Ainsi mes yeux se fermant sur la cause du mal, au lieu de m'aider à la découvrir, les mêmes préventions qui me déroboient cette connoissance, m'éloignoient à jamais du remède.

J'étois dans ce déplorable état & sans espoir d'en sortir, lorsqu'après une longue insomnie causée par mes agitations ordinaires, qui m'avoient conduit à me rappeller toutes les circonstances de mes malheurs, un leger assoupissement me fit espérer quelques instans de repos. Je m'endormis en effet; si l'état où je passai peut vous paraître un sommeil. Songe ou vision terrible! dont je ne ferai jamais le récit tranquillement, quoique je sois condamné par la justice du ciel à porter jusqu'au tombeau cette affreuse image. Je vous épargne un détail qui vous glaceroit le sang; je me l'épargne à moi-même, qui ne suis pas toujours sûr que mes forces y suffisent.

Que vis-je? Toutes les victimes de mon aveugle fureur & de ma cruelle tendresse, dans le plus horrible lieu dont la foi nous apprenne l'existence. Je les vis; je les reconnus; j'entendois leurs cris! Elles m'appelloient par mon nom: elles me reprochoient leurs tourmens; elles m'annonçoient le même sort. Ajoûterai-je que l'ardeur du cruel élément qui les dévoroit, se fit sentir jusqu'à moi? Songe ou vérité, dois-je répéter; mais l'impression en fut si vive & si pénétrante, que m'arrachant au sommeil comme l'application d'un fer embrasé, elle me fit pousser un cri fort aigu.

Je demeurai dans un trouble que je vous laisse à vous figurer. Mes gens accourus au bruit, me trouverent baigné de sueur, tremblant, les yeux égarés, tenant un de mes rideaux des deux mains, comme le premier secours qui s'étoit offert. Mais ce qui vous surprendra beaucoup, j'arrêtai leurs soins, je leur ordonnai même le silence; pour m'attacher

tacher, dans l'attitude ou j'étois, au ſpectacle que j'avois encore devant les yeux, & contre l'horreur duquel leur préſence ſembloit me fortifier. Je prêtai l'oreille ; j'obſervai ce qui me conſternoit & me déchiroit le cœur, avec une attention obſtinée, que je regarde aujourd'hui comme l'ouvrage du ciel qui vouloit faire ſervir cette ſcène d'horreur au ſoutien comme à la naiſſance de mes réſolutions, en la gravant pour jamais dans ma mémoire : elle diſparut enfin. Mes domeſtiques prirent le déſordre de mes ſens & de mon imagination, pour un de mes accès ordinaires.

En ſortant de cette étrange extaſe, je conſidérai mon ſonge ou ma viſion avec un peu plus de liberté d'eſprit ; & le fruit de mes réflexions ne fut pas longtems incertain. Il falloit, ou renoncer à tout ſentiment de religion, ou ſe rendre à des éclairciſſemens forcés, qui faiſoient évanouir toutes mes fauſſes idées d'honneur. Non qu'un ſonge dût avoir cette force en lui-même ; mais quoique les inſtructions de ma jeuneſſe euſſent été négligées, elles n'étoient pas effacées de ma mémoire ; & s'y réveillant, à la faveur de ce nouveau jour, elles portèrent ma condamnation, ſans autre lumière. La vérité, lorſqu'elle eſt reconnue de bonne foi, ne laiſſe aucun nuage après elle. Voici quel fut le progrès de ma converſion.

Le ciel, me dis-je à moi-même, ne me doit pas de miracle ; & rien ne m'oblige de reconnaître ici l'opération de ſa puiſſance : ainſi je ſuis libre de traiter mon ſonge, ou ma viſion, de vapeur montée au cerveau, de toutes les parties d'un corps languiſſant, & condenſée en noires images qui ne m'ont repréſenté que de vains fantômes. Je ne dois pas même y chercher d'autre explication ; car pourquoi ma femme, cette victime innocente d'une barbare impoſture, ſeroit-elle au nombre des coupables ? Et les autres, ſans excepter mon malheureux fils, dont le déſeſpoir n'a que trop été volontaire, n'ont-ils pas eu, juſqu'au dernier inſtant de leur vie, une reſſource dans la clémence du ciel, qui ne permet pas de prononcer ſur leur ſort ? Mais quand tout ce que j'ai vu ne ſeroit qu'un ſonge, une pure illuſion de mes ſens troublés, la réalité du lieu terrible, dont ils m'auroient offert une fauſſe image, n'en eſt pas moins certaine. Il n'en eſt pas moins conſtant que les crimes y ſeront punis, & par des rigueurs plus affreuſes que ma faible imagination n'a pu me les repréſenter. Il eſt de la même vérité, qu'entre mes victimes, les coupables, ont mérité cet épouvantable châtiment, & que, ſans égard pour de frivoles excuſes, telles qu'ont été les miennes, ils le ſubiſſent avec toutes ſes horreurs, ſi la juſtice n'a pas été déſarmée par le repentir. Sera-t-il moins vrai que moi, le triſte objet des crimes d'autrui, mais chargé des miens, & complice d'une ſi grande partie des autres, je dois m'attendre aux mêmes ſupplices ? Qu'importe ce que j'ai vu ? C'eſt un ſonge ; mais il me ramène à la connaiſſance des plus importantes vérités. Il devient pour moi, ce qu'il y a de plus reſpectable & de plus intéreſſant après elles. Je dois le regarder à jamais, comme une des plus précieuſes faveurs que le ciel ait jamais accordées aux ames rebelles.

Ces raiſonnemens fortifiés par la redoutable impreſſion qui m'étoit toujours préſente, me conduiſirent bientôt à des réſolutions qu'ils m'ont donné le courage d'embraſſer. Leur premier effet, avant le rétabliſſement même de ma ſanté, fut d'adoucir l'amertume & le trouble de mes ſentimens. La bonté du ciel permit, pour ſoulager mon imagination, que je crus ſentir diminuer le poids de mes crimes, à meſure que je faiſois quelques pas vers le repentir ; & m'aidant auſſi par les douceurs de l'eſpérance, il m'inſpira celle d'expier par ma pénitence & par mes larmes, non-ſeulement mes propres forfaits, mais ceux dont je me reconnais la cauſe ou l'occaſion. Conſolation inexprimable ! ſi le cœur d'un pénitent, tremblant pour lui-même, oſoit s'y livrer. Chère épouſe! mon fils! malheureux major ! où êtes-vous ? A quel horrible ſort vous ai-je expoſés ?

Telles ſont, monſieur, les raiſons qui m'ont conduit, & qui me ſoutiennent dans cette carriere ſi pénible, ſi révoltante pour la nature. Vous conviendrez à préſent, que ma pénitence, loin d'être exceſſive, ne peut jamais approcher des réparations que je dois à la juſtice du ciel, & qu'avec des motifs tels que les miens, on peut trouver ſon martyre affreux, & ſouhaiter qu'il redouble.

FIN.

www.ingramcontent.com/pod-product-compliance
Ingram Content Group UK Ltd.
Pitfield, Milton Keynes, MK11 3LW, UK
UKHW020341230726
13925UKWH00003B/898